青少版经典名著书库

小 王 子

[法]圣埃克苏佩里 著　爱德少儿编委会 编译

爱德少儿编委会

主　编：童　丹
副主编：陈慧颖
编　委：安　心　代成妙　杜佳晨　高敬华
　　　　姜　月　刘国华　路　远　谭蓉平
　　　　唐　倩　田海燕　任仕之　余小溪
　　　　余信鹏　张重庆　张凤娟　张　云
　　　　张运旭　钟孟捷　朱梦雨

浙江人民美术出版社

图书在版编目（CIP）数据

小王子 /（法）圣埃克苏佩里著；爱德少儿编委会编译. — 杭州：浙江人民美术出版社，2021.6（2024.1重印）
（青少版经典名著书库）
ISBN 978-7-5340-8737-0

Ⅰ. ①小… Ⅱ. ①圣… ②爱… Ⅲ. ①童话－法国－近代 Ⅳ. ①I565.88

中国版本图书馆 CIP 数据核字（2021）第 061504 号

责任编辑：雷　芳
责任校对：余雅汝
装帧设计：爱德少儿
责任印制：陈柏荣

青少版经典名著书库
小王子　[法]圣埃克苏佩里　著　爱德少儿编委会　编译
出版发行　浙江人民美术出版社
地　　址　杭州市体育场路 347 号
经　　销　全国各地新华书店
制　　版　湖北省爱德森森文化传播有限公司
印　　刷　河南华彩实业有限公司
版　　次　2021 年 6 月第 1 版
印　　次　2024 年 1 月第 2 次印刷
开　　本　695mm×980mm　1/16
印　　张　8
字　　数　125 千字
书　　号　ISBN 978-7-5340-8737-0
定　　价　16.00 元

如发现印装质量问题，影响阅读，请与承印厂联系调换。

前 言

　　《小王子》是法国作家圣埃克苏佩里于1942年写成的著名儿童文学短篇小说。圣埃克苏佩里是一名飞行员,他一生与蓝天相伴,承担过各种惊险刺激的任务,这些丰富的经历成为圣埃克苏佩里的人生财富。已过不惑之年的圣埃克苏佩里用三个月的时间一气呵成地完成了这一部经典著作,虽然用时较短,但是这部著作却浓缩了他几年甚至是几十年的生活和情感。他用简单的笔触,以小王子的孩童视角,展现出成人世界的势利、虚伪、盲目和教条主义等,讽刺人类像没有脚的生物,只能随着风沙漂泊,体现出作者对成人世界价值观的批判以及对真善美的歌颂与向往。

　　《小王子》这本书同时也体现了作者对自己人生的思考。书中玫瑰的原型即为作者的妻子,圣埃克苏佩里借这本童话倾诉让自己烦恼的婚姻问题,他在《小王子》这部儿童小说中强调了爱与责任的重要性,这也是他对待婚姻的态度。另外,这本书与众不同的原因还在于它创作于"二战"的最关键时期,作为飞行员的圣埃克苏佩里感受到了战争的残酷,因为战争,他与家人长时间不能联系,他的内心受到很大的触动。在他看来,童年是充满温暖和梦想的时光,而成人的世界却被权力与欲望侵占。于是作者选取了一个孩子的视角来看待世界,让成人重新体会儿时的童真,重新充满对世界的好奇和奇特的想象,希望成人可以停下脚步反思现实生活,发现人生的真谛。这是一部写给孩子们的童话,也是一部写给成人的童话。

《小王子》主要叙述的是一个与大人的世界格格不入的飞行员,在一次飞机故障后迫降在沙漠中,遇到了来自其他星球的小王子,小王子向飞行员讲述了自己离开原来星球的原因以及在来到地球前的经历。飞行员在书中转述了小王子的星球历险,包括小王子在途中遇见的国王、爱慕虚荣的人、酒徒、商人、点灯人、地理学家、蛇、有三片花瓣的沙漠花、玫瑰园、扳道工、商贩、狐狸以及我们的叙述者飞行员本人的种种经历。在与小王子相处的过程中,飞行员的童真渐渐被唤醒,他非常珍视和小王子在沙漠中结下的这段珍贵友谊。小王子离开时飞行员非常悲伤,他难忍心中的思念之情,于是写下了这本纪念小王子的小说。

　　在书中,我们将会看到成人世界与儿童世界的区别,将会同飞行员一起倾听小王子星球旅行的见闻,将会感受到小王子内心细腻复杂的情感,将会体会到分离时刻的万分不舍与心痛,将会对浩瀚星空产生无限的想象与向往……我们将会有一次无比丰富的体验。黑夜中闪耀着无数个璀璨的星球,属于我们的星球又在哪里?当一书阅毕,仰望星空之时,愿我们的内心都有一份难言的感动!

目录
CONTENTS

第 一 章	2
第 二 章	6
第 三 章	12
第 四 章	16
第 五 章	22
第 六 章	27
第 七 章	30
第 八 章	34
第 九 章	39
第 十 章	42
第十一章	47
第十二章	50
第十三章	52
第十四章	57

第十五章 …………………………………………	62
第十六章 …………………………………………	67
第十七章 …………………………………………	69
第十八章 …………………………………………	73
第十九章 …………………………………………	75
第二十章 …………………………………………	78
第二十一章 ………………………………………	81
第二十二章 ………………………………………	89
第二十三章 ………………………………………	91
第二十四章 ………………………………………	93
第二十五章 ………………………………………	96
第二十六章 ………………………………………	101
第二十七章 ………………………………………	110
仰望星空,聆听内心 ……………………………	114
参考答案 …………………………………………	116

小王子

第一章

M 名师导读

童年时,"我"对画画有着浓厚的兴趣,并且对于自己最初创作的作品有着极大的信心,"我"满怀期待地寻找能够读懂"我"的作品的人,可是一番寻觅后,"我"却放弃了钟爱的画画,选择成为一名飞行员。

我想那应该是我六岁的时候,在一本描写原始森林的名叫《真实的故事》的书中,我看到了一幅十分精彩并且令我难以忘怀的图画,那上面描绘的是一条大蟒(mǎng)蛇在吞吃一头很大很大的野兽,而下面便是那幅插图的临摹(mó)本。

这本书中写着:"这些蟒蛇把自己猎取到的动物全部吞下,撑得根本无法动弹,接着它们将会用漫长的半年的时间来消化这些

猎物。"

那个时候，我对森林里的种种奇事有种种幻想，所以我也拿起彩色铅笔，描绘出了我的第一幅图画。【名师点睛：一些看似很平常的事情却引发了"我"许多奇妙的想象，而能在想象的世界中自由驰骋是件无比美妙的事情，孩童的内心世界多么丰富啊。】我称它为"第一号作品"。

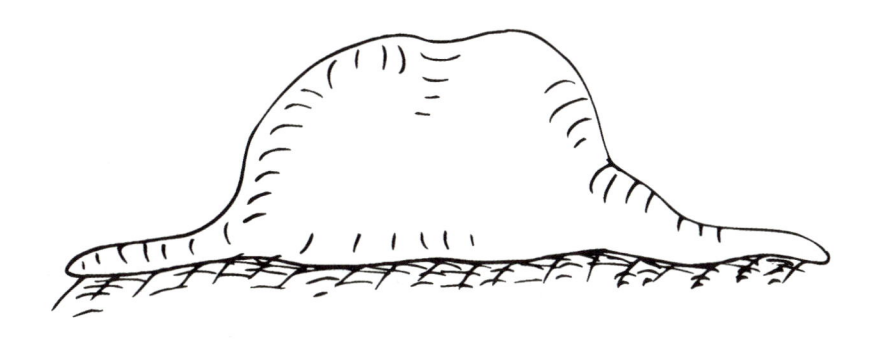

我把自己的这幅作品拿给大人们看，我问他们我的画是否使他们感到惧怕。

他们给我的答复是："一顶帽子有什么好惧怕的？"

但我画的并不是帽子，而是一条巨大的蟒蛇正在吞食大象。【名师点睛："蟒蛇"和"帽子"分别代表了孩子和大人之间完全不同的心灵世界和思维方式。】然后我又将巨蟒肚子中的情形画出来，以便他们能够更加明白，但他们老是需要我为他们说明。这些大人总是需要解释。我的第二号作品是这样的：

▶ 小王子

　　大人们劝我把这些画着开着肚皮的或闭上肚皮的蟒蛇的图画放在一边，把兴趣放在地理、历史、算术、语法上。【名师点睛：大人们的意思很明显，小孩子要将注意力放到学习上，而不应该去画画。】就这样，在六岁的那年，我就放弃了画家这一美好的职业。我的第一号、第二号作品的不成功，使我十分沮丧。这些大人，他们自己什么也弄不懂，我们还得不断地给他们做解释，这真叫孩子们腻味。【写作借鉴：心理描写。"我"的心中很是郁闷，无趣的大人根本不懂小孩世界的多姿多彩，他们只喜欢一些老旧刻板的东西，大人与小孩之间有一堵无形的墙。】

　　后来，我只好选择了另外一个职业，我学会了开飞机，世界各地差不多都飞到过。的确，地理学帮了我很大的忙。我一眼就能分辨出中国和亚利桑那[美国的一个州]。要是夜里迷失了航向，这会很有用。

　　这样，在我的生活中，我跟许多严肃的人有过很多的接触。我在大人们中间生活过很长时间。我仔细地观察过他们，但这并没有使我对他们的看法有多大的改变。【名师点睛：成人世界的虚伪、刻板，导致了"我"内心的孤独；强调"我"与成年人的不同，更凸显出"我"的孤独。】

　　当我遇到一个头脑看起来稍微清楚的大人时，我就拿出一直保存着的我那第一号作品来测试测试他。我想知道他是否真的有理解能力。可是，得到的回答总是："这是顶帽子。"我就不和他谈巨蟒呀，原始森林呀，或者星星之类的事。我只得迁就他们的水平，和他们谈些桥牌呀、高尔夫球呀、政治呀、领带呀这些。于是大人们就十分高兴能认识我这样一个通情达理的人。【名师点睛：此处有讽刺成人虚荣、自以为是的意味。】

Z 知识考点

　　1.我是在看了一本描写_____的书后开始产生奇幻想象的，于是我创作了一幅名叫_____的画作，画的是一条蟒蛇正在吞食大象,可是大人们都说我画的是_____。后来我放弃绘画选择了其他职业,学会了_____。

2.在不和大人们谈巨蟒之后,"我"谈及了哪些话题让大人们觉得"我"是个通情达理的人呢?

_____
_____

阅读与思考

1."第一号作品"对"我"而言有哪些意义?

2.大人们觉得"我"应该做些什么?

3."我"为什么没有找到能够理解"我"的大人呢?

小王子

第二章

M 名师导读

"我"迷失在无人的荒漠之中,却在清晨时分被一个奇妙的声音叫醒,更奇妙的是他居然能够看懂"我"的画,并且要求"我"画一幅更加充满想象的画作。这是"我"和小王子的第一次相遇,他究竟是个什么样的人?

我就这样孤独地生活着,没有一个能真正谈得来的人,【名师点睛:"我"是一个没有人懂的孩子,一直孤独地生活,反衬了后文"我"与小王子相遇并成为知音的可贵。】一直到六年前在撒哈拉沙漠发生了那次故障。我的发动机里有个东西损坏了。当时我既没有带机械师也没有带旅客,我只能自己尝试着独自完成这项并不容易的维修工作。这对我来说是个生与死的问题。我随身带的水只够饮用一星期。

头一天夜晚我便睡在这与人们相隔千里的大沙漠里。【名师点睛:大沙漠荒无人烟,可想而知"我"的处境是多么艰难无助,生存希望的渺茫让人们不禁为"我"心生担忧。】我比大海上乘着小木排的遇险者更孤寂。而在第二天清晨时分,当一个奇妙的小声音唤醒我时,你们很容易想象出我当时有多惊讶。这细小的声音说:

"请你为我画只羊,好不好?"

"嗯!"

"为我画只羊……"

我如同遭了雷击一般,突然站起身来。我用力地揉揉眼睛,认真地瞧了瞧。我看到一个十分奇特的小人儿正一脸严肃地凝眸注视着我。

这是后来我为他画的最成功的一幅画像。但是，我的画无疑要比他这个人的样子逊色得多。这不能怪罪于我。六岁的时候，大人们把我的画家生涯葬送了，除去画过肚子打开和肚子没打开的蟒蛇，我再也没画过别的。

我一脸惊奇地望着眼前这个突然出现的小人儿。你们别忘记，我那个时候置身在远离人烟千里的地方，而这个小人儿给我留下的印象是，他丝毫不像是迷失了方向的样子，也没有一丝疲倦、饥渴和惧怕的神色。【名师点睛：通过叙述，我们可以猜想出小王子是一个身上藏有秘密的小男孩。他似乎生活在人类世界之外，不了解独自一人在沙漠中穿行的危险，甚至没有出于本能的恐惧感。此外，他还是一个无牵无挂、天真无邪的孩子。】我非常吃惊，总算能够开口讲话时，便对他说：

▶ 小王子

"喂，你在这里做什么？"

然而他仿佛在面对一件很严肃的事情，第二次从容不迫地对我说："请……为我画只羊……"

当某种神奇的东西使你内心不安时，你只能服从它的命令，在这远离人烟的沙漠里，在死亡的威胁面前，虽然这种行为令我觉得非常荒唐，但我仍然拿出了一张纸与一支钢笔。此刻我忽然想起，我只钻研过地理、历史、算术和语法，便没好气地对小人儿说我没画过画。

【名师点睛：童年时的"我"终究听了大人们的话放弃了画画，如今却有人要求"我"进行一番创作，"我"的内心有些愤愤不平和对自己未能实现梦想的沮丧。】

他这样回答我：

"没关系，为我画只羊吧！"

由于我从未画过羊，我就为他重新画了我曾画过的两张画里的那条肚子没打开的巨蟒。

"不，不！我不想要巨蟒，它的肚子中还有大象。"

我听完他说的话，真是惊呆了。他继续说："巨蟒这个东西太可怕了，而且大象占的面积也很大。我的家很小，我要一只羊。为我画只羊吧。"

于是我为他画了只羊。

他专注地看了看，然后说道：

"这只不好，它已经病得非常严重了。请为我再画一只。"

我重新画起来。

我的这个朋友亲切可爱地笑了起来，而且有礼貌地指正："你瞧，你画的可不是小羊，而是一只大公羊，还长着犄角呢。"【写作借鉴：运用神态描写和语言描写，刻画出小王子善良、得体、风趣的形象。】

然后我又另画了一只。

这张画和前几张同样被他否决了。

"这只有点儿老。我想要一只能够活很久的羊。"

▶ 小王子

我失去了耐心。因为急着动手拆卸发动机，我就胡乱画了这张画，而且匆忙地对他说：

"这是一个箱子，你想要的羊就在里边。"

这时我非常惊讶地发现，我的这位小评判员竟眉开眼笑。他说道："这就是我希望得到的……你说，这只羊得吃很多草吗？"

"问这个问题干什么？"

"因为我家很小……"

"我为你画的是只特别小的小羊，你家再小也肯定够养着它的。"

【名师点睛：通过和小王子的一番接触和沟通，"我"知道了眼前这个人和"我"一样富有奇特的想象力，与那些总是需要别人解释的大人是不一样的。】

他将头靠近这幅画。

"根本不像你讲得那样小……咦，它睡着了……"【名师点睛：他是那样纯真可爱，他的想象甚至比"我"的还要丰富有趣。】

就这样，我认识了小王子。

Z 知识考点

1.六年前，我在撒哈拉沙漠遇到了一次故障，我的＿＿＿＿＿＿损坏了，我不得不一个人睡在＿＿＿＿＿＿。第二天早上，我被一个＿＿＿＿＿＿唤醒，声音的主人让我为他画＿＿＿＿＿＿。

2.小王子希望"我"画只什么样的羊？

阅读与思考

1.在和小王子刚刚接触并且一直被要求画一只羊的时候，"我"的心情如何？

2.当听到小王子说他不想要肚子里有大象的巨蟒时，"我"为什么惊呆了？

3.小王子想要的明明是一只小羊，为什么"我"画了一个箱子后小王子却说这就是他希望得到的？

小王子

第三章

M 名师 导读

　　"我"对小王子的来历十分好奇，但是小王子总是不理睬"我"提出的问题，而是一直沉浸在自己的世界中。"我"从零星的话语中知道了小王子来自另一个星球，可是除了知道那里很小以外，"我"依然没有弄清楚那里到底是个什么样的地方。

　　我费了好长时间才弄清楚他是从哪里来的。【名师点睛：这是本章的核心句子，接下来的内容都围绕着此句展开。】小王子向我提出了很多问题，可是，对我提出的问题，他好像压根儿没有听见似的。【名师点睛：小王子总是回避"我"提出的问题，却不停地向"我"提问。他对"我"的世界充满着好奇，同时"我"也很好奇小王子的来历。】我是从他偶尔说出来的那些话中，逐渐弄清楚了他的来历。例如，当他第一次瞧见我的飞机时（我就不画出我的飞机了，因为这种图画对于我来说太复杂），他问我道：

　　"这是一个什么玩意儿啊？"

　　"这可不是一个'玩意儿'。它能飞。这是飞机。我的飞机。"

　　我非常自豪地对他说我能飞。接着他吃惊地嚷道：

　　"什么？你是从天空中落下来的？"

　　"是啊。"我并不吹嘘(xū)地回答。

　　"呀，这太奇怪了。"

　　此时小王子发出一阵清脆的笑声，这使我很不高兴，我要求别人严肃地对待我的不幸。【名师点睛："我"的飞机出现故障导致"我"被困于荒无人烟的沙漠之中，小王子却不在意地笑起来，这让"我"有些生气。]然后，他又说道：

"这么看，你同样是从天空中来的啦？你在哪个星球上住？"

瞬(shùn)间,对于他从哪里来的这一秘密我似乎寻到了一些线索；接着,我就用突袭(xí)的方式问道：

小王子

"你是从另外一个星球上来的吗?"

可是他不回答我的问题。他一面看着我的飞机,一面微微地点点头,接着说道:

"是呀,坐着这玩意儿,你来的地方不会太远……"

说到这里,他沉思了很久。然后,从口袋里掏出了我画的小羊,看着他的宝贝入了神。

你们可以想象这种关于"别的星球"的若明若暗的话语使我心里多么好奇。因此我竭力地想知道其中更多的奥秘。

"你是从哪里来的,我的小家伙?你的家在什么地方?你要把我的小羊带到哪里去?"

他沉思了一会儿,然后回答我说:

"好在有你给我的那只箱子,夜晚可以给小羊当房子用。"【名师点睛:小王子总是沉浸在自己的世界当中,只对自己感兴趣的事物有着好奇和思考。后文中我们也会继续看到一个追问不休、不停思考的小王子,而小王子也正是在这样不断的思考过程中获得成长。】

"那当然。如果你听话的话,我再给你画一根绳子,白天可以拴住它。再加上一根木桩。"

但是,我的建议小王子似乎一点儿也不赞同。

"拴住它?多么奇怪的主意。"【名师点睛:小王子对"我"的建议很反感,因为他觉得动物也有自己的自由,无法理解和认同"我"这个地球人的想法。】

"如果你不拴住它,它就会到处跑,会跑丢的。"

我的这位朋友又发出响亮的笑声:

"你想要它跑到哪里去呀?"

"不管什么地方。它一直往前跑……"

这时,小王子郑重其事地说:

"这没有什么关系,我那里很小很小。"

接着，他略带伤感地又补充了一句：

"一直朝前走，也不会走出多远……"【名师点睛：身处荒无人烟的沙漠之中，小王子并没有觉得无助或是孤独，反倒是这句话让我们看到一个天真而富有想象力的小王子的内心深处竟有着这么浓郁的忧伤，他似乎有许多心事。】

Z 知识考点

1.当小王子第一次瞅见我的_____时，我非常_____地告诉他我能飞。小王子知道我是从天上落下来的时候发出_____并问我在哪个星球上住。

2.小王子是地球人吗？

_____

Y 阅读与思考

1.小王子为什么总是不回答"我"提出的问题？

2.小王子为什么不同意把小羊拴起来？

3.你对小王子居住的星球有了哪些了解呢？

小王子

第四章

M 名师导读

"我"为大家介绍了一个叫作B612的星球，并认为小王子很有可能来自这个星球。大人们的世界总是充满着数字，这让"我"很反感，"我"思念着那个充满想象、满腹童真的小王子。

我还了解到另一件重要的事，就是小王子老家所在的那个星球比一座房子大不了多少。【名师点睛：小王子居住的星球竟然比一座房子大不了多少，这样用实物对比，让我们对它有了更加形象具体的了解，那真是一个非常非常小的地方。】这倒并没有使我觉得很奇怪。我知道除了地球、木星、火星、金星这些起了名字的大星球之外，还有成千上万个其他的星球，它们有的特别小，即使用望远镜也难以看到。当一名天文学者看到了其中一颗星星，他就为它编上号码，比如将它

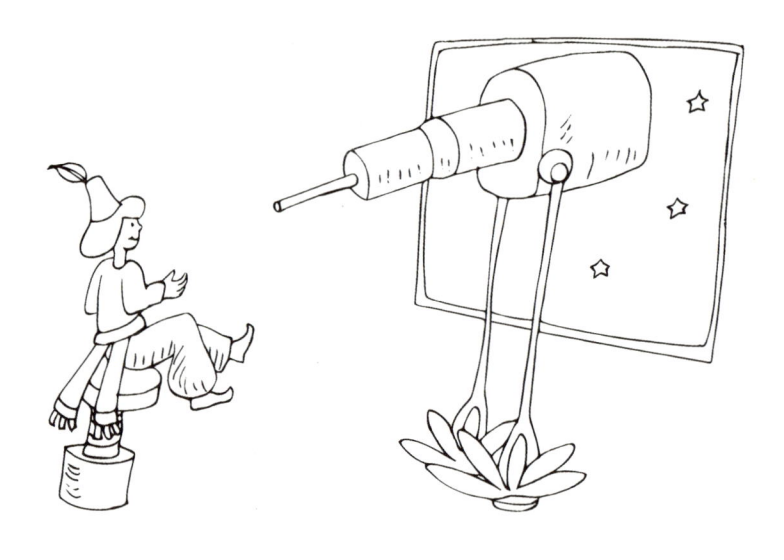

叫作"325小行星"。

我有充分的证据证明小王子来自的星球是小行星B612。这个小行星只在1909年被一名土耳其的天文学家用望远镜看到过一回。

那个时候他在一次国际天文学代表大会上对自己的发现做了<u>不可辩驳(bó)的论证。不过因为他的服装，当时谁都不相信他的报告。</u>【名师点睛：根据服装来评判一位科学家，暴露出了国际天文学代表大会上那些天文学家的愚蠢和可笑。】那些大人们都是这个样子。

幸运的是，土耳其的一位独裁者，为了维护小行星B612的名声，下令让所有的国民都改穿欧式服装，要不然就判处死刑。1920年，<u>这名天文学家身穿一套十分精致体面的衣服，再次做了论证。这回大家都认可了他的看法。</u>【名师点睛：土耳其天文学家由于穿了两套不同的服饰而受到两种不同的待遇，揭示了一些无知的大人以貌取人的浅薄和狭隘的民族主义思想。】

▶ 小王子

我为你们讲述有关小行星 B612 的这种种细节，而且告诉你们它的号码，都是因为这些大人。因为大人们就喜欢数字。当你向大人们介绍你的一位新朋友的时候，他们从来不关心一些实质性的情况。他们从来不说："他讲话声音怎样呀？他喜欢怎样的游戏呀？他采集蝴蝶标本吗？"他们却问："他多大了？兄弟几个啊？身体多重？他父亲挣多少钱啊？" 他们觉得这样才是了解一个朋友。【名师点睛：大人们的世界充斥着冷漠的数字，他们并不会关心内在的东西，这样现实又势利的大人真是太无趣了。】

假如你告诉大人们："我见到一所美丽的房屋，它用红色的砖瓦盖成，它的窗子前面放着天竺葵，房顶上栖息着鸽子……"

他们对这样的房屋永远也不会有任何感觉。你一定要告诉他们："我看到了一所价值十万法郎的房屋。"那么他们立即会惊叹道："多么美丽的房屋呀！"【名师点睛：通过对成人不同反应的描绘，批判了成人世界以金钱和数字为标尺的评判标准。】

如果你告诉他们："小王子存在的依据便是他可爱俊美，他微笑着，希望得到一只羊。如果有人希望得到一只小羊，就能证实他的存在。"他们肯定会耸耸双肩，将你看作不懂事的孩子。

不过，假如你告诉他们："小王子来自的星球正是小行星 B612。"那他们就深信不疑，不会再没完没了地提出问题来麻烦你。他们就是这个样子。小孩子们对大人们应当宽容些，别责怪他们。【名师点睛：这句话是反语，大人们总是限制孩子的思考和想象，希望孩子按照他们所喜欢的方式生活。作者想表达的实际意思是大人们应该给孩子多一些宽容和空间，让孩子自由思考。】

▶ 小王子

当然了，对我们这些理解生活的人而言，我们才不会将那些数字放在眼里呢！我真希望能像讲童话一样来讲述这个故事。我喜欢这么说："从前，有一位小王子，他住在一个与他自己几乎一样大的星球上，他想要一位朋友……"对理解生活的人而言，这么讲好像显得更真实。

我讨厌人们漫不经心地看我的书。我在提到这些往事的时候是非常伤心的。我的朋友牵着他的小羊已离开六年了。【名师点睛：隐约透露出了小王子的结局，究竟发生了什么事情需要我们继续细细品读下去。】我之所以在这儿极力把他的故事讲述出来，是为了记住他。

忘记一位朋友是件十分悲伤的事情，也并不是所有的人都有过一位朋友。【名师点睛：忘记朋友很可悲，但是一辈子从没有过真正的朋友更可悲。】何况有一天我也许同样会像那些大人一样，只对数字情有独钟。

也就是因为这个，我买了一盒染料和一些铅笔。像我这种年龄，除了六岁的时候画过肚子没打开和肚子打开的巨蟒以外，其他的什么都没画过的人，如今，再想画画实在困难！

当然了，我一定要把这些画尽力地画得逼真一些，不过我自己都不敢肯定。【名师点睛："我"努力想要用绘画的方式来回忆和记住"我"的朋友，尽管"我"已经多年没有画画了，"我"依然希望能做得更好。】有一幅画得还行，另外一幅画得就不像了。还有个子高矮，我画得有些差距。在这幅画上小王子画得高了点儿，另外一幅画上又画得矮了点儿。对他衣服的色彩我也犹犹豫豫。

所以我就摸索着这样试一试，那样改一改，画个差不多就行了。我也许在某些重要的部位弄错了，这就要请你们谅解我了，因为我的这位朋友，也从来不向我解释什么，他大概觉得我同他一样。可是很遗憾，我却不能透过盒子看见小羊。我也许有点儿像那些大人们了。我一定是变老了。【写作借鉴：此处"我"的心理描写，生动形象地刻画出"我"的心情——时光流逝，美好的回忆只能记在心中了。】

Z 知识考点

1. 我有充分的证据证明小王子来自_____，这个小行星在_____年被一名_____用望远镜看到过一回。

2. 土耳其天文学家第一次在国际天文学代表大会上做出报告后为什么大家都不相信？

_____
_____
_____

Y 阅读与思考

1. 为什么土耳其天文学家在第二次做报告后大家都认可了他？
2. 大人们为什么总是喜欢数字？
3. "我"为什么又开始绘画了？

▶ 小王子

第五章

M 名师导读

"我"希望能够通过不断的交流对小王子有更多的了解，而在这一次的聊天中，"我"知道了猴面包树的危害，小王子让"我"画了一幅画以告诫其他小孩。这究竟是棵怎样的树呢？

每天我都了解到一些关于小王子的星球、他的出走和旅行等的事情。这些都是在和他不断的交谈中慢慢得知的。就这样，第三天我就了解到关于猴面包树的悲剧。

这回还是由羊引起的，【名师点睛：小王子总是在关心小羊，小羊是贯穿整个故事的线索，也是"我"和小王子之间的连接点。】因为小王子忽然十分担心地问道：

"羊吃小灌木，是真事吗？"

"是啊，是真事。"

"噢，我太开心了。"

我不知道羊吃小灌木这一点为什么这样重要。但是小王子接着问道："那它们也吃猴面包树吗？"

我告诉小王子，猴面包树并非小灌木，而是如教堂一般巍（wēi）峨（é）的大树，【写作借鉴：运用对比的表现手法，用"教堂"和"大树"这种具体的物体来说明猴面包树十分高大，同时也使小王子能够更准确地明白猴面包树不是小灌木。】就算领回去一群大象，都啃不完一株猴面包树。

一群大象这种想法让小王子笑了起来：

"那可要将这群大象一只只地叠起来。"

他非常机灵地指出:"猴面包树在长大以前也挺小。"

"是的。但是为什么你希望自己的羊去啃小猴面包树呢?"

他答道:"嘿!这还用问!"好像这是非常明白的事情。但是我得绞尽脑汁才能够想明白这个问题。

是啊,小王子来自的那个星球,就像别的每一个星球一样,有好的植物和坏的植物,所以好的植物有好种子,坏的植物有坏种子。然而种子是看不到的,它们埋在深深的泥土里,直到其中的一粒突然苏醒过来……接着它便伸伸懒腰,开始羞答答地向着太阳长出一株娇小玲珑的小幼苗。【写作借鉴:运用拟人的修辞手法。用"伸伸懒腰""羞答答"等词语表现种子的可爱和有生机。】

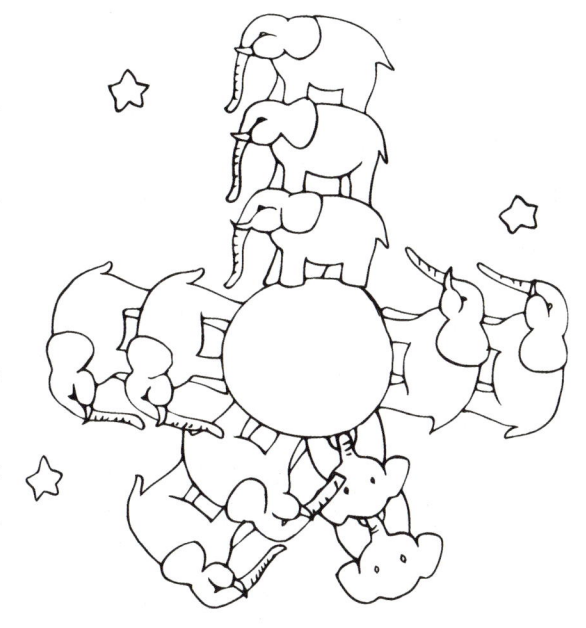

假如是小萝卜或者玫瑰花的幼苗,就任它自己茁壮成长。如果是一棵坏的植物,一旦被辨认出来,就应该立即把它拔掉。因为在小王子居住的星球上,埋着一些十分可怕的种子……那正是猴面包树的种子。

在那儿的泥土中,这样的种子带来了灾害。一株猴面包树树苗,如果你拔得不及时,就永远别想把它除去。它会占据整个星球。它的树根能够将星球穿透,假如星球特别小,猴面包树又很多,它就

23

> 小王子

<u>会将整个星球撑破。</u>【名师点睛：猴面包树对于一个星球来说有着致命的危害，那么对于我们而言，潜伏在身边的危险如果没能及时发现，后果也是十分严重的。】

"这是一个纪律问题。"小王子后来对我说道，"每天早上梳洗好以后，就必须非常认真地给星球做清洁和打扮，必须要求自己按时去拔掉猴面包树的树苗。猴面包树的树苗在小的时候和玫瑰苗长得差不多，分清楚后，就要马上把它拔掉。这个工作很单调无趣，但是也很容易。"

有一次，他建议我仔细地画一幅美丽的图画，好让我们这儿的孩子们对此事留下深刻的印象。他还说："<u>假如有朝一日他们出去旅行，这对他们非常有帮助。有的时候，人们将他们的工作耽搁了，根本没有什么损失，要是涉及消除猴面包树树苗这样的事情，那就会导致严重的危害。</u>【名师点睛：人们偶尔会有拖延工作的毛病，但是对于"猴面包树"这种很重大的事情，如果继续拖延的话，将会产生严重的后果，小王子告诫人们要及时完成重要的工作。】我知道一个星球，上边住的是一个懒人，他忽略了拔掉三株小树苗的事……"

于是，根据小王子的叙述，我把这个星球画了下来。我从来不大愿意以科学家的口吻来说话，可是猴面包树的危险，大家都不大了解，对迷失在小行星上的人来说，危险性非常之大，因此这一回，我贸然打破了我的这种不喜欢教训人的惯例。

我说："孩子们，要当心那些猴面包树呀！"【名师点睛：为了加强人们的紧迫感，向来不喜欢说教的"我"向孩子们发出警告，要他们小心猴面

▶ 小王子

包树,从中可以看出作者对现实社会有着强烈的危机感和责任感。】为了叫我的朋友们警惕这种危险——他们同我一样长期和这种危险接触,却没有意识到它的危险性——我花了很大的工夫画了这幅画。我提出的这个教训意义是很重大的,花点儿时间是很值得的。你们也许要问,为什么这本书中别的画都没有这幅画那么壮观呢?回答很简单:别的画我也曾经试图画得好些,却没成功。

而当我画猴面包树时,有一种急切的心情在激励着我。

Z 知识考点

1.小王子来自的那个星球和其他星球一样,有着＿＿＿＿＿＿和＿＿＿＿＿＿。如果是好的植物,我们可以任由其＿＿＿＿＿＿;如果是坏的植物,就应＿＿＿＿＿＿。

2.猴面包树是小灌木吗?

Y 阅读与思考

1.对一颗星球而言,猴面包树会带来怎样的灾害?

2.小王子是怎么规定自己除掉猴面包树的树苗的?

3."我"画猴面包树的时候为什么会觉得有一种急切的心情在激励着自己?

第六章

M 名师导读

小王子最大的乐趣就是看日落,在他的家乡,一天可以看很多次日落,但是他的心中依然有挥不散的愁绪。

啊!小王子,就这样,我逐渐懂得了他那忧郁的生活。过去相当长的时间里,他唯一的乐趣就是欣赏那夕阳西下的温柔晚景。

小王子

这个新的细节，是我在第四天早晨才知道的。他当时对我说道：

"我爱看夕阳。我们去看一次夕阳落山吧！"

"但是要等到……"

"等到什么？"

"等到太阳下山。"

起初，他露出非常惊讶的神色，然后他又觉得自己很可笑。

他对我说道：

"我经常以为是在我自己家中！"【写作借鉴：对小王子的神态描写很传神，先是吃惊而后哑然失笑，为我们描绘了一个活灵活现的人物形象，同时也表达了小王子对家乡的思念之情。】

确实，大家都知道的，美国的中午时分，正是法国夕阳西下之时。

如果在一分钟之内能够赶到法国就能观看日落。

遗憾的是法国那么遥远。

而在他那种小小的行星上，只需要把椅子移动几步就行。

这样，你便能随时看见你想要看的夕阳余晖。

"一天，我看了四十三回太阳落山。"

过了片刻，他接着说：

"你知道，当人们感到十分愁闷的时候，都想看太阳落山。"

"一天看了四十三回，你的心情为什么会这样糟糕呢？"

小王子没有回答。【名师点睛：通过一段简单的对话，我们似乎能感受到从小王子身上散发出来的忧伤，尽管看了那么多次日落，他的内心依然愁闷。】

知识考点

1.我是在_____才知道,在过去很长的一段时间里,小王子唯一的乐趣就是_____。

2.小王子邀请"我"去看夕阳落山,"我"说要等到太阳下山,小王子为什么会露出惊讶的神色,并觉得他自己很可笑?

_____
_____
_____

阅读与思考

1.小王子为什么会喊"我"早晨去看夕阳?

2.小王子在什么样的心情下会去看日落?

小王子

第七章

M 名师导读

> 小王子和"我"因为一朵花儿而产生了矛盾,小王子如此关心一朵花儿,而"我"的态度却激怒了他,这朵花儿到底是什么来历?

第五天,还是羊的事,把小王子的生活秘密向我揭开了。他好像对一个问题默默思考了许久以后,终于得出了结论,突然没头没脑地问我:

"羊如果吃小灌木,它也会吃花儿吗?"

"它遇见什么就吃什么。"

"连带刺的花儿都吃吗?"

"带刺的也吃!"

"那刺有什么作用?"【名师点睛:小王子的话语中透露出对花儿的担心。】

我不知道该如何回答他。那时我正忙于从发动机上弄下一颗拧得过紧的螺丝。我发现机器的故障好像非常严重,喝的水也所剩无几了,我担心会出现最坏的情况,心里面十分着急。

"那刺有什么作用?"【名师点睛:在没有得到"我"的回应后,小王子又一次发问,也再一次体现出这神秘的带刺的花儿对小王子而言有着重要的意义。】

只要小王子提出疑问,肯定会不停地问。这个可恶的螺丝令我心烦意乱,于是我就顺口回答他:

"刺嘛,任何作用都不起,这完全是花儿的坏心眼儿。"

"哦!"

但是他想了片刻，怀着悻(xìng)悻的心情对我说：

"我不相信！花儿那么弱不禁风、纯真无邪，她们总是千方百计地保护自己，认为只要有刺就可以给自己壮胆……"【名师点睛：小王子非常不赞同"我"的说法，他表达了自己对"刺"的看法，"我们"的矛盾由此产生，同时也让我们十分好奇为什么小王子如此关心花儿的命运。】

我一言不发。我那时考虑的是，假如这颗螺丝再与我过不去，我就用锤子砸掉它。小王子又来打扰我的思路了：

"你却相信花儿……"

"行了，行了！我什么都不相信！我只是信口开河。我可有重要的事情要干。"

他吃惊地瞪着我。

"重要的事情？"

他看到我手握锤子，手上满是油污，俯身对着一个在他眼中极其丑陋的物件。

"你说话就和那些大人一样！"

这话令我有些难为情。但是他又毫不留情地说道：

"你分不清是非……你把黑白都混淆(xiáo)了！"

他的确十分生气，乱摇着头，金黄色的头发在风中飘扬。【名师点睛：小王子被"我"激怒了，他用摇头来发泄心中的不满，金黄色头发随风飘扬的场景让我们仿佛看见了一个生气抓狂的小王子。】

"我去过一个星球，上边住的是一位红脸先生。他从来不曾闻过一朵花儿，也不曾观赏过一颗星，他谁都不曾爱过，除算账之外，他没干过别的事。他终日和你一样总是唠叨：'我有重要的事情，我是一个正经的人。'这令他相当神气。他实在不像一个人，他像一个蘑菇。"

【名师点睛：作者以小王子的视角，讽刺了成人世界里那些古板、荒诞、只顾眼前利益的人。】

"像什么？"

31

小王子

"像个蘑菇!"

小王子那时气得面色惨白。

"几百万年以来花儿都在长着刺,几百万年以来羊依旧在吃花儿。想要知道花儿为什么费了那么大的功夫长出对自己没有任何作用的刺,这难道不是重要的事情?难道羊与花儿之间的战争不是正经事?这难道不如那位大胖子红脸先生的账目正经?假如我认得一朵世间独一无二的花儿,只爱长在我的星球上,其他的地方都没有,可是一只小羊一不留神就这样将她吃掉了,这难道不重要?"

他的脸气得通红,然后继续说道:

"要是有人喜欢上了这亿万颗星星里唯一的一朵花儿,当他望着这些星星时,就会觉得幸福。他会悄悄地自言自语地说:'我的花儿就在那里……'不过假如羊吃了那朵花儿,对他而言,就好像所有的星星一下子都黯淡无光了一样!这难道还不重要吗?!"【名师点睛:通过小王子的话,我们大概知道了这朵花儿的来历,她是长在小王子居住的星球上的唯一一朵花儿,并且小王子对她十分珍爱,这也是小王子听完"我"的说法后那么生气的原因。】

他无法再说下去了,突然泣不成声。夜幕已经降临,我放下手中的工具。我把锤子、螺丝、饥渴、死亡,全都抛在脑后。在一个星球上,在一个行星上,在我的行星上,在地球上有一个小王子需要安慰!

我把他抱在怀里,我摇着他,对他说:"你爱的那朵花儿没有危险……我给你的小羊画一个罩子……我给你的花儿画一副盔甲……我……"我也不知道该说些什么。我觉得自己太笨拙。我不知道怎样才能达到他的境界,怎样才能再进入他的思想……唉,泪水的世界是多么神秘啊!

【名师点睛:"我"终于停下手中的"正经事",将小王子揽入怀中,此刻的"我"心中又后悔又无助,"我"的敷衍终究伤害了单纯的小王子。】

Z 知识考点

1.我认为花儿的刺是_____,而小王子认为花儿的刺是用来_____。

2.小王子问"我"问题的时候,"我"一直在做什么?

_____

_____

_____

Y 阅读与思考

1.读完本章,你对这朵花儿有了哪些了解呢?

2.小王子为什么生气了?

3.小王子对一朵花儿如此珍爱,你觉得小王子是个什么样的人呢?

▶ 小王子

第八章

M 名师导读

在小王子居住的星球上有一朵美丽的玫瑰花，在他们初相见时小王子就喜欢上她了，之后便耐心细致地照顾着她，但是这朵玫瑰花却骄傲任性，她和小王子之间有哪些故事呢？

很快我就进一步了解了这朵花儿。在小王子的星球上，过去一直都生长着一些只有一层花瓣的很简单的花儿。那些花儿非常小，既不占地方，也不会去打扰到别人。她们早晨在草丛中开放，晚上就凋谢了。但是不知从哪里来了一颗种子，忽然一天发了芽。小王子特别仔细地监视着这棵与众不同的小苗——这玩意儿说不定是一种新的猴面包树。但是，这棵小苗没过多久就不长了，而且开始孕育出一朵花儿。看到这棵苗上长出了一个很大很大的花苞，小王子感觉这个花苞中一定会出现一个奇迹。然而这朵花儿藏在她那绿茵茵的房间中，并用了很长

的时间来打扮自己。她精心选择着她将来的颜色，慢腾腾地妆饰着，一片片地搭配着她的花瓣。她不愿像虞(yú)美人那样一出世就满脸皱纹。她要让自己以光艳夺目的姿态来到世间。是的，她是非常爱俏的，她用了很长很长时间将自己梳妆成天仙般。然后，在一天早晨，恰好是太阳升起的时候，她开放了。她已经用心地做了几天的准备工作，却打着哈欠说：

"我刚刚睡醒，真对不起，瞧我的头发还是乱糟糟的……"

小王子这个时候再也按捺不住内心的爱慕之情：

"你真漂亮！"

花儿柔声细气地说道：

"是啊，我是和太阳一起诞生的……"

小王子发现这花儿并不谦恭，但是她的确美丽动人。

很快她接着说道："现在已经到了吃早饭的时间了吧，麻烦你为我准备一些吧……"

小王子有些不好意思，就找来喷壶，打了一壶清水，开始浇灌花朵。就这样，这朵花儿常常就用她那有些强烈的虚荣心来折磨小王子。比如，有一次，她跟小王子提到她身上长着的四根刺："老虎，叫它伸着锋利的爪子来吧！"

小王子并不同意她的观点，对她说："我的星球上没有老虎，并且

▶ 小王子

老虎不会吃草。"

花儿轻声说道:"我并不是草。"

"真对不起。"

"我并不怕什么老虎,可我讨厌穿堂风。你没有屏风?"

小王子思忖(cǔn)着:"讨厌穿堂风……这对一株植物来说,真不走运,这朵花儿真不大好伺候……"

"晚上你得把我保护好。你这地方太冷。在这里住得不好,我原来住的那个地方……"

但她没有说下去,她来的时候是颗种子,她哪里见过什么别的世界。叫人发现她是在编一个不太高明的谎话,她有点儿羞怒,咳嗽了两三声。她的这一招是要小王子处于有过失的地位。【写作借鉴:动作描写。"咳嗽了两三声"形象地写出了花儿在竭力掩饰自己说话的漏洞,同时也表现了她对待小王子的不真诚。】她说道:"屏风呢?"

"我这就去拿。可你刚才说的是……"

于是花儿放开嗓门儿咳嗽了几声,依然要使小王子后悔自己的过失。

尽管小王子本来诚心诚意地喜欢这朵花儿,可是,这样一来,却使他马上对她产生了怀疑。【名师点睛:小王子真心真意地对待这朵花儿,可是花儿对待小王子却有些虚伪和任性,小王子对花儿的感情开始出现了动摇。】小王子对一些无关紧要的话看得太认真,结果使自己很苦恼。

有一天他告诉我说:"我不该听信她的话,绝不该听信花儿的话,看看她、闻闻她就得了。我的那朵花儿使我的星球芳香四溢,可我不会享受她。关于老虎爪子的事,本应该使我产生同情,却反而使我恼火……"

他还告诉我说:"我那时什么也不懂!我应该根据她的行为,而不是根据她的话来判断她。她使我的生活芬芳多彩,我真不该离开她跑出来。我本应该猜出在她那令人爱怜的花招后面所隐藏的温情。花儿是多么自相矛盾!我当时太年轻,还不懂得爱她。"【名师点睛:小王子

▶ 小王子

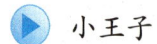

的一段独白,让我们真切地感受到小王子对花儿的一片用心,而现在他的心中充满了离开花儿后的后悔与自责。】

Z 知识考点

1. 在小王子居住的星球上突然出现了一颗种子,最初小王子以为这可能是_____,但是不久后种子长成小苗,而且开始_____,小王子感觉这个花苞中一定会_____。

2. 花儿告诉小王子她怕什么和不怕什么呢?
_____
_____

Y 阅读与思考

1. 这朵花儿在盛开前做了哪些准备呢?
2. 这是一朵怎么样的花儿?
3. 小王子对花儿的情感产生了怎样的变化?

第九章

> **M 名师导读**
>
> 小王子打算离开自己的星球了,临走前他和花儿告别,花儿向他坦白了自己内心的想法,小王子听后十分惊讶。他们到底说了些什么呢?

我想小王子大概是利用一群候鸟迁徙(xǐ)的机会跑出来的。在他出发的那天早上,他把他的星球收拾得整整齐齐,把它上头的活火山打扫得干干净净——他有两座活火山,早上热早点很方便。他还有一座死火山,他也把它打扫干净了。他想,说不定它还会活动呢!打扫干净了,它们就可以慢慢地有规律地燃烧,而不会突然爆发。火山爆发就像烟囱冒火一样。当然,在我们地球上,人太小,不能打扫火山,所以火山给我们带来了很多很多麻烦。

小王子还把剩下的最后几棵猴面包树的树苗都拔掉了。他有些烦闷。他觉得自己永远都不会回来了。那天,这些每天都会做的再熟悉不过的工作令他觉得特别亲切。

【名师点睛:小王子像

▶ 小王子

以前一样做完了每天早上都要做的工作,但是这次却有些不同往常,因为这可能是最后一次了。小王子的心情十分复杂,当然这不单单是因为这些工作。】当他最后一次浇花的时候,他打算用罩子把她仔细罩好。他发现自己想哭。

"永别了。"他对花儿说。

然而花儿没有作声。

"永别了。"他又重新说了一遍。

花儿咳嗽了一会儿,不过并非因为感冒。

她最后对他说:"我刚才真傻。请你谅解我。但愿你能幸福。"【名师点睛:玫瑰花和小王子有着不同的个性和表达方式,他们无法理解到对方真实的心理导致他们之间出现了隔阂,造成了今天的分离。】

花儿对他没有丝毫的责备,他觉得非常吃惊。他拿着罩子,手足无措地站着。他不理解她为什么会这样充满柔情。

"真的,我爱你。"花儿对他说道,"但是由于我的过错,你一直都没有察觉到。这也不重要了。可是,你也和我一样傻。但愿你将来能够幸福地生活。将罩子搁在旁边吧,我不需要它了。"【名师点睛:其实玫瑰花需要的并不是那个罩子,而是小王子更多的关心和爱护,可她的骄傲掩盖了她的真心,此刻她向小王子坦白了心声。】

"如果风来了呢?"

"我根本没有那么弱不禁风……晚上清新的风对我的健康来说是有益的。我是一朵花。"

"如果有虫子和野兽呢?"

"如果我要结识蝴蝶,承受不住两三条尺蠖(huò)绝对不行。听说,这是非常美好的事。要不还有谁来看望我呢?你马上要离我而去。大动物呢,我根本不畏惧,我有爪子。"

她天真地伸出她那四根刺,然后接着说道:

"不要这样磨磨蹭蹭了,真讨厌!你既然准备离开这里,那就赶快走吧！"【名师点睛：这几段描写了离别时分小王子和玫瑰花的对话，玫瑰花放下了骄傲和任性，向小王子诉说了内心的真实情感，她变得通情达理、坚强自爱，我们能够从中体会到玫瑰花对小王子深深的爱。】

她是怕小王子看见她在哭，她是一朵非常骄傲的花儿……

Z 知识考点

1. 小王子在出发的那天早上，把星球收拾得＿＿＿＿＿＿＿＿，他有＿＿＿＿＿＿座火山：两座是＿＿＿＿＿＿＿＿，方便早上＿＿＿＿＿＿；另一座是＿＿＿＿＿＿＿。他还把最后几棵＿＿＿＿＿＿拔掉了。最后一次浇花时，他发现自己＿＿＿＿＿＿。

2. 花儿对小王子到底是什么样的感情呢？

___

___

___

Y 阅读与思考

1. 花儿为什么不要罩子了？

2. 花儿认为自己的刺是用来干什么的呢？

3. 读完本章，你对花儿有了哪些更多的了解呢？

41

小王子

第十章

M 名师 导读

小王子离开星球后便开始了他的旅程。他来到的第一个星球上有一个自认为统治着全宇宙的国王,那么实际上这到底是一个怎么样的国王呢?

在 B612 星球附近的宇宙中,还有 325、326、327、328、329、330 等几个小星球。小王子开始访问这几个星球,想在那里找点儿事干,并且学习学习。第一个星球上住着一位国王。这位国王身着代表皇家身份的紫色貂皮长袍,他的眼睛非常小,看上去有点儿像老鼠的眼睛。他的屁股下面是一个看上去非常简陋的"宝座",国王表情严肃地坐在上面。【写作借鉴:运用了外貌描写。通过对国王的衣着、面容以及宝座的描写,向我们展现了一个寒酸却又故作威严的国王形象。】

当他看到小王子的时候,惊喜地叫了起来:

"啊,来了个臣民。"

小王子想着:"他从来都没看到过我,为什么会认得我呢?"

他哪里知道,那位国王认为,世界没有什么复杂的,任何一个人都是他的臣民。【名师点睛:通过国王的想法我们了解到,在这位国王心中,他拥有着至高无上的地位和权力。】

国王非常自豪,因为他终于成为了某个人的国王,他对小王子说道:"走近一些,让我好好地看看你。"

小王子望了望周围,想找个地方坐下,但是整个星球都被国王豪华的紫色貂皮长袍占据了。他不得不站着,但是因为太疲倦了,他打起哈欠来。

国王对他说:"当着一位国王的面打哈欠是不礼貌的。我不准你打哈欠。"

小王子抱歉地说道:"我真的忍不住,我走了很长的路到达这儿,还没睡过觉呢。"

国王说道:"那么好吧,我命令你打哈欠。许多年以来我没有看到过一个人打哈欠。对我而言,打哈欠是挺新鲜的事。来吧,再打个哈欠,这是我的命令!"

"这倒让我有些害怕……我无法打出哈欠来了……"小王子涨红了脸说道。

"嗯!嗯!"国王回答,"那我……我命令你一会儿打哈欠,一会儿……"【名师点睛:国王不断根据小王子的想法来改变自己发出的命令,他希望自己的命令是别人愿意去做、愿意接受的,不过这样令他看上去有些滑稽。】他咕咕哝(nóng)哝,好像有些气恼。

因为国王最在乎的是自己的权威能够得到别人的尊重,他无法容忍别人违抗他的命令。他是一位威严十足的君主,但是他非常和善,他下的命令全是合乎情理的。

他口齿伶俐地说:"要是我让一位将军变为一只海鸟,但这位将军违抗我的命令,那么,这绝非将军的过失,而是我的过失。"

小王子胆怯地问道:"我能不能坐下?"

"我命令你坐下。"国王一面回答,一面威风凛凛地把自己那紫色貂皮长袍的下摆挥了挥。

但是小王子觉得十分纳闷儿:这样小的星球,国王统治什么呢?

43

▶ 小王子

他对国王说道："陛下……对不起，我想问您……"

国王赶紧抢着说："我命令你问我问题。"

"陛下……您到底统治什么呢？"

国王十分简明扼要地说："我什么都统治。"

"什么都统治？"

国王含蓄地用手指向他的星球和别的星球，还有所有的星星。

小王子惊讶地问道："统治这所有的一切？"

"统治这所有的一切。"

原来他不但是一位威严十足的君主，并且是整个宇宙的君主。

"那星星全都听从您的命令吗？"小王子问。

"那是当然！"国王对他说，"它们必须马上服从。我是不容许没有纪律的。"

这种权威令小王子赞叹而又羡慕。假如拥有了这种权威，那他一天不仅仅是可以观赏四十三回夕阳西下，而是会观赏七十二回，甚至一百回，或者两百回，也用不着去移动椅子！突然他想到了他那被抛弃的小星球，心中有些伤感，他壮着胆子对国王提出一个请求：

"我想要看日落，请求您……命令太阳下山吧……"

国王说："假如我命令一位将军像蝴蝶一样由这朵花飞向那朵花，或是命令他写一部悲剧或变为一只海鸟，但是这位将军收到命令不肯照办的话，那是他错了还是我错了？"

"那肯定是您错了。"小王子脱口回答道。

"没错，"国王继续说，"对别人提出的要求必须是他们能够办到的。权力首先应当以理性为基础。假如你命令自己的老百姓去跳海，他们肯定会起来造反。我的命令是符合情理的，因此我有权力命令别人服从。"【名师点睛：再一次向我们展示了国王的内心想法，他对权力的理解可笑又天真，他是一位尊重民意的君主，却也让我们觉得十分可悲。】

"那么我要求的日落呢？"只要小王子提出一个问题，他就绝不会忘掉这个问题。

"至于日落，你会看见的。我肯定会命令夕阳下山，但是根据我的科学管理，我必须等时机成熟。"

小王子问："这得等到什么时候？"

国王在回答前，先查看了一本非常厚的日历，然后缓慢地说道："嗯！嗯！夕阳下山大概……大概……在今天晚上七时四十分左右！你会看见！我的命令肯定会得到执行。"

小王子再次打起了哈欠。他为没看见夕阳下山而感到惋惜。他有些腻烦了，于是对国王说："我没有理由再留在这里了。我得告辞了。"【名师点睛：小王子又打起了哈欠，说明他对和国王的交谈已经失去了耐心和兴趣；这也体现出作者对那些贪图权利、醉心于权力的人的嘲讽和不屑。】

这位因为刚有了臣民正感到非常骄傲的国王连忙说道：

"不要走，不要走。我任命你做大臣。"

"什么样的大臣？"

"嗯……司法大臣！"

"但是，这里没有一个可审判的人。"

"不好说啊，"国王说，"我上了年纪，我这儿又小，没有停马车的地方，此外，一走路我就感到疲劳。所以我还从未视察过我的王国！"

"哦，不过我已观察过了。"小王子说，并且俯身向星球的另一侧望了望。那里也没人……

"那你就审判你自己吧！"国王答道，"这无疑是最难办的了。审判自己比审判他人更困难！如果你能够审判好自己，你便是一个真正聪明的人。"

"我，"小王子说，"我无论在哪里都可以审判自己。我没有必要留在这里。"

国王接着说："嗯……嗯……我想，在我的星球上有一只老鼠。晚

▶ 小王子

上，我能听到它的声音。你可以审判它，隔一段时间就判处它一次死刑。所以它的生命由你的判决来决定。但是，你应当有节制地判处这只老鼠，每一次判刑以后都得免除它的死罪，因为只有一只老鼠。"

"但是我不想判处别人死刑，我觉得我应当告辞了。"小王子回答。

"不要走。"国王说。

但是小王子准备好要离开了，他不愿意看见国王太伤心，便说：

"假如国王陛下希望获得完全的服从，您可以给我下个符合情理的命令。例如，您能命令我，一分钟以内就得离开。我觉得这个时机是成熟的……"【名师点睛：在小王子了解了国王下命令的方式后，他想出了这样一个办法，既可以满足国王对权力的追求，也能够让自己顺利离开，体现出小王子内心的纯洁和善良。】

国王一句话都不说。刚开始，小王子有点儿犹豫，然后叹息一声，就走了……

"我命令你做我的大使。"国王急忙叫道。

国王露出十分威严的神气。

小王子在旅途中自言自语地说："这些大人真奇怪。"

Z 知识考点

1. 小王子来到的第一个星球上住着一位_____，他穿着_____，坐在一个_____。

2. 这位国王总是怎样发号施令？
_____

Y 阅读与思考

1. 这位国王真的是宇宙之主吗？

2. 小王子两次打哈欠分别是什么原因？

3. 国王最后要求小王子做什么？

第十一章

M 名师导读

小王子来到了第二个星球,这个星球上住着一位爱慕虚荣的人,但是奇怪的是,这个人只能听见小王子说的一部分话,究竟是怎么样的话呢?

第二个星球上住着一个爱虚荣的人。

"啊!一个崇敬我的人前来访问我了!"这个虚荣心极强的人一看见小王子,很远就喊了起来。

在那些虚荣心极强的人眼中,其他所有的人都是他的崇拜者。

"你好!"小王子说,"你的帽子非常奇特。"

"这是用来向人致意的。"虚荣心极强的人回答,"当大家向我欢呼时,我就拿帽子向他们致意。遗憾的是,没有任何人来过这儿。"

▶ 小王子

"哦？是吗？"小王子不太明白他的话。

虚荣心极强的人对小王子提议说："你用一只手去拍打另外一只手。"

于是，小王子拍起手来。这个虚荣心极强的人就谦逊地举着帽子向小王子致意。【写作借鉴：运用动作描写，刻画出一个虚荣心极强的人为了满足内心的虚荣，几乎是在自导自演，仿佛别人真的很崇拜自己。】

小王子心里想道："这比拜访那国王有意思。"然后他再次拍起手来。虚荣心极强的人再次举起帽子向他致意。

小王子这样操练了五分钟，然后对这种乏味的游戏有些厌烦了，便说道：

"如果想让你把帽子摘掉的话，应该怎么做呢？"

但是这次虚荣心极强的人听不到他的话，因为虚荣心极强的人只能听到赞扬的话。【名师点睛：道出了爱慕虚荣者的共性，他们的耳中只听得进去吹捧自己的话语。】

他问小王子："你的确崇拜我吗？"

"崇拜是什么意思？"

"崇拜嘛，就是认可我是星球上最漂亮的人，衣服最讲究的人，最有钱的人，最机灵的人。"

"但你是这星球上仅有的一个人啊！"

"让我快乐吧，请你继续崇拜我吧！"

小王子轻轻地耸了耸双肩，说道："我崇拜你，但是这有什么能够让你这么快乐的？"

然后小王子就离开了。

小王子在路上自言自语地说了一句："这些大人，肯定是十分古怪的。"【名师点睛：小王子再一次自言自语，感叹成人世界的古怪和不可思议。作者对此反复强调，引人深思。】

Z 知识考点

1.小王子来到第二个星球后遇到了一个_____的人,他有一顶奇特的_____,当大家向他欢呼时,他就_____。

2.最开始玩"拍手游戏"的时候,小王子觉得如何?

_____

_____

Y 阅读与思考

1.这个爱慕虚荣的人真的得到了很多人的崇拜吗?

2.小王子为什么最后又选择了离开呢?

3.你认为什么样的人是值得我们去崇拜的?

小王子

第十二章

M 名师导读

这次，小王子遇到了一个酒徒，短暂的接触让小王子内心有些难过，酒徒为什么总是在喝酒？我们能从中得到什么启示呢？

小王子所访问的下一个星球上住着一个酒徒。访问时间非常短，却使小王子非常忧伤。

"你在做什么？"小王子问酒徒。这个酒徒静静地坐着，前面摆着一堆酒瓶子，有的装满了酒，有的是空的。

"我在喝酒。"他闷闷不乐地回答。

"你为什么要喝酒？"小王子问。

"为了忘记。"酒徒回答。

小王子已经有点儿怜悯(mǐn)酒徒了，问道："忘记什么？"

酒徒低下头坦诚地说道："为了忘记我的惭愧。"

"你惭愧什么？"小王子很愿意帮助他。【名师点睛：对酒徒进行了动作描写，低下头的姿态让我们觉得他确实十分惭愧，而小王子不停的追问也体现出小王子的热心和善良。】

"我惭愧我喝酒。"酒徒说罢就闭上了嘴。【名师点睛：酒徒喝酒是为了忘记，而想忘记的却又是喝酒带来的惭愧，这是多么矛盾啊。酒徒的内心想来也十分矛盾，他在兜兜转转中逃避着真实的自我。】

小王子困惑地走了。

在旅途中，他自言自语地说道："这些大人真奇怪。"

Z 知识考点

1. 小王子访问的这个星球上住着一个_____，访问的时间_____，但是小王子却觉得_____。

2. 酒徒为什么要不停地喝酒？

_____

_____

_____

Y 阅读与思考

1. 你觉得酒徒想忘记的到底是什么？

2. 你又看到了小王子怎样的品质？

3. 小王子最后为什么觉得很困惑？

小王子

第十三章

M 名师导读

在第四个星球上,小王子遇到了一个一直在做"正经事"的商人,商人不停地计算着,并且认为只要被他数到的星星就都属于他了,可他甚至不知道自己在数什么,那他为什么想拥有这些星星呢?

第四个星球是一个商人的星球。这个商人忙得不可开交,小王子到来的时候,他甚至连头都没有抬一下。

小王子说:"你好,你的烟卷儿熄灭了。"

"三加二等于五,五加七等于十二,十二加三等于十五。你好。十五加七,二十二。二十二加六,二十八。来不及再点着它了。二十六加五，三十一。哎呀！一共是五亿零一百六十二万二千七百三十一。"

【写作借鉴：运用了语言描写，大量数字的罗列让我们直观地看到一个正在低头认真计算的商人形象。】

"五亿什么啊？"

"什么？你还待在这里？五亿零一百万……我也算糊涂了。我的工作太多……我是个非常正经的人，我可没有时间来跟你闲聊！二加五得七……"【名师点睛：商人觉得自己在做一件非常重要的事，他无心理睬其他的事情，所以对小王子的到来并没有觉得十分开心，反而希望小王子不要打扰他，快点离开。】

"五亿零一百万什么啊？"小王子又问了一遍。一旦他提出了什么问题，就从来都不会放弃。这位商人抬起头，说道：

"我住在这个星球上五十四年，只被干扰过三回。第一回是二十二年前，不知道从什么地方掉下一只金龟子来干扰我。它发出一种可怕的噪音，令我在一笔账目里出了四个错。第二回，在十一年前，我风湿病发作，因为我很少进行体育锻炼。我没时间到处瞎逛。我是一个非常正经的人。此刻……这是第三回！我正算到五亿零一百万……"

"五亿什么啊？"

这位商人明白要想得到安静是没有希望了，【名师点睛：小王子总是这样，不问到想要的答案就绝不会罢休，他是如此执着，对于自己感兴趣的问题会一直保持思考。】于是说道：

"五亿个小东西，这些小东西有的时候能在天空中看到。"

"是苍蝇？"

"不是，是些闪闪发光的小东西。"

"是蜜蜂吗？"

"不是，是一些金黄色的小东西，这些小东西使那些闲得发慌的人想入非非。我是一个非常正经的人。我没工夫胡思乱想。"

"噢，是满天星斗吗？"

▶ 小王子

"是的，就是满天星斗。"【名师点睛：商人竟然连自己数的是什么东西都不知道，就一直处于计算的状态，这是多么可笑又可悲啊。】

"你想用这五亿星星干什么？"

"五亿零一百六十二万二千七百三十一颗星星。我做事一丝不苟，是十分准确的。"

"你用这些星星干什么？"

"我用它干什么？"

"是啊。"

"什么都不干。它们都是我的。"【名师点睛：商人其实并不能说出自己做的事情有什么实际意义，他简单地认为只要数到的星星就都归他所有，表现出商人的自私和可笑。】

"星星都是你的？"

"是啊。"

"但是我看见过一位国王，他……"

"国王根本不拥有，他们不过是'统治'。这不是一回事。"

"你占有这么多的星星有什么用呢？"

"这么一来，我就非常富有了。"

"富有了对你又有什么好处呢？"

"富有了就能买下新的星星，假如有人发现新的星星的话。"

小王子自言自语地说道："这个人考虑问题有些像我见过的那个酒徒。"

但是他仍然提出一些问题：

"你怎样才能占有这些星星呢？"

"那么你说，满天的星星是归什么人所有啊？"商人没好气地问小王子。

"我不知道，不归任何人所有。"

"那么，它们就是属于我的，因为我是第一个想到要拥有它们的人。"

"这样就行了吗？"

"那是当然。假如你看到一粒没人要的钻石，那这粒钻石就归你所有。当你看到一座岛没有主人，那这座岛就属于你。当你第一个想出了一个主意，你就可以去领个专利证，这个主意就属于你。既然在我以前没有谁想到要拥有这满天的星星，那我就拥有了这些星星。"【名师点睛：商人连用三个事例来证明自己的想法是正确的，只要是谁第一个想到了某些事物，就能够拥有这个事物。这个说法看似是有些道理，但是对于星星而言却并不如此。这段话体现出商人的贪婪和自以为是。】

"这也有道理。但你拿它们来做什么？"小王子问。

"我经营这些星星，我一次次地算它们的数目。这是一件麻烦的事情。不过我是一个非常正经的人！"

小王子依旧不满意，他说：

"对我而言，假如我有一条围巾，我会用它围我的脖子，而且可以带走它。我有一朵花儿，我就会摘下我的花朵，而且可以将它带走。但你无法摘下这满天的星星啊！"【名师点睛：在小王子看来，能够实实在在抱在怀里并且能自由支配的东西才算是自己真正拥有的，他并不能认同商人的观点。小王子和商人截然不同的想法形成了鲜明的对比。】

"我不能摘下，但是我可以把它们都存进银行里。"

"这到底是怎么回事呢？"

"这是说，我将星星的数目写到一张小纸条上，接着把这张纸条锁到一个抽屉中。"

"这样就行了吗？"

"这样就算完啦。"

小王子心里想道："太有趣了。这还挺有诗意的，可是这也并不能算是什么正经事。"

有关什么是伟大的正经事，小王子的观点和大人们的观点极不相同。他继续说道：

▶ 小王子

"我有一朵花儿,我天天都为她浇水。我还有三座火山,我每周给它们疏通清理。连死火山都疏通。没人知道它是否会再活过来。我有火山和花儿,我对我的火山有好处,对我的花儿有好处。不过你对星星根本没有益处……"【名师点睛:小王子最后陈述的一段话让我们知道了在他心中什么样的事才算是"正经事",而商人做的工作其实是没有意义的。】

商人瞠(chēng)目结舌,无言以对。然后小王子就离开了。

在旅途中,小王子只是自言自语地说了一句:"这些大人们真是奇怪极了。"

Z 知识考点

1. 商人在这个星球上五十四年里,只被干扰过_____回。第一回是掉下来一只_____,它发出一种_____;第二回是商人_____,因为他_____;第三回是_____。

2. 被商人数到的星星真的都归商人所有了吗?

_____

_____

_____

Y 阅读与思考

1. 为什么商人总觉得自己是在做一件正经事?

2. 商人和小王子两人所理解的拥有有什么不同呢?

3. 小王子觉得什么样的事才算是正经事?

第十四章

M 名师导读

这一次小王子来的星球非常非常小,只够容纳一盏路灯和一个点灯人,这个点灯人的工作就是不停地点灯、熄灯。可是既然并没有其他人,点灯人为什么还要做这些事情呢?

第五个星球非常奇怪,是这些星球中最小的一个。星球上刚好能容得下一盏路灯和一个点路灯的人。小王子怎么也想不通:这个坐落在天空某一角落,既没有房屋又没有居民的星球上,要一盏路灯和一个点灯的人做什么?【名师点睛:小王子的疑问也正是读者们的疑问,作者直接通过疑问句的方式来说出我们心中的疑

▶ 小王子

惑所在，这个悬念为下文的情节发展做了铺垫。】

不过小王子认为："也许这个人很古怪。不过他比起国王，比起那个虚荣心极强的人，那位商人与酒鬼，还是要好一些。起码他的工作还有些意义。当他点亮自己的路灯时，就仿佛给太空添加了一颗星星，或者一朵花。当他熄灭路灯时，就仿佛让星星或者花朵睡着一样。【写作借鉴：这是一段十分优美的话语，通过小王子奇妙的幻想，我们仿佛置身于一个温馨美好的氛围之中，同时也说明了小王子认为点灯人做的这件事情是有意义的。】这工作很有诗意！既然很有诗意，就是真正有益的啦。"

小王子刚刚到达这个星球上，就非常恭敬地对点路灯的人行礼：

"早上好——你方才为什么将路灯熄灭呢？"

"早上好——这是规定。"点灯人回答。

"规定是什么？"

"就是熄灭我的路灯——晚上好。"

然后他重新点亮路灯。

"那怎么你又将它点亮了呢？"

"这是规定。"点灯人回答。

"我不懂。"小王子说道。

"不必懂。规定就是规定。"点灯人回答道。【名师点睛：点灯说"早上好"，熄灯说"晚上好"，点灯人不断地重复这样的话语和点灯的动作，原因在于他认为这就是规矩。可点灯人并没有思考过这件事的意义，而是一味地循规蹈矩，按规定办事。】

"早上好。"

然后他再次熄灭路灯。

接着他用一块红方格子的手绢擦了擦额头。

"我做的是一种非常累的活儿。以前还算说得过去，早晨灭灯，夜晚点灯，其他的时间，白天我休息，晚上我就睡觉……"

"那以后规定改变啦，对吗？"

点灯人说道："规定倒没改变，但是这是个倒霉的地方！这颗行星一年比一年转得快，规定却没改。"

"最后呢？"小王子问。

"如今每分钟转一次，我连一秒钟的歇息时间也没有。一分钟我就得点亮一次、熄灭一次！"【名师点睛：点灯人虽然被死板的规定折磨得疲惫不堪，但是他依然尽职尽责，说明他是一个很负责的人。但是随着环境的改变，规定也有所改变才是明智之举。】

"真有意思，你这儿一天只有一分钟长？"

"什么乐趣都没有。"点灯人说，"我们两个在一起聊天就已经聊了一个月了。"

"一个月？"

"是啊。三十分钟。三十天——晚上好。"

然后他又点亮了他的路灯。

小王子望着他，他喜欢这个点灯人这样一丝不苟地办事。此时，他想起了自己过去移动椅子才能看到夕阳下山的事情。他希望帮助他的这个朋友。【名师点睛：看见这位点灯人很辛苦，小王子就心生想要帮助他的念头。从这一点，我们再一次看到了小王子身上善良的品质。】

"我知道一种能够让你得到休息的方法，你想什么时候休息都行。"

"我总是想着要休息休息。"点灯人说。

因为，一个人可以是忠诚的，同时也可以是懒惰的。

小王子继续说：

"你的这个星球太小，你三步就能绕一圈。你只要慢慢地走，就能够一直在太阳的照耀下，你要休息时，你就这么走……那样的话，你希望白天有多长就会有多长。"

"这个方法并不能帮我太大的忙，生活里我所喜欢的是睡觉。"点灯人说道。

59

▶ 小王子

"太不幸了。"小王子说。【名师点睛：小王子提出的建议并不能帮助点灯人，他的内心有些失落。看着点灯人这么辛苦，小王子对他充满了同情。】

"太不幸了。"点灯人说，"早上好。"

然后他又灭掉了路灯。

小王子在他接着前行的旅行途中，自言自语地说：

"这个人肯定会被其余的那些人看不起，什么国王啊，虚荣心极强的人啊，酒徒啊，商人啊。但是只有他不令我觉得可笑，这也许是由于他所在乎的是其他的事，而并非他自己。"【名师点睛：从小王子的一段内心独白中我们得知小王子认为这个点灯人不同于他之前遇到的人，小王子认可点灯人所做的事，并给予了赞美。】

他惋惜地叹息一声，对自己说：

"他原本是我仅有的一个可以成为朋友的人，但是他的星球确实太小了，容不下两个人……"

小王子没有勇气承认的是，他留恋这个令人赞美的星球，特别是因为在那里每二十四小时就有一千四百四十次日落！

知识考点

1. 第五个星球是这些星球中_____，上面只有_____和_____。在这个星球上一天只有_____。

2. 点灯人为什么觉得如此疲劳？

_____
_____
_____

阅读与思考

1. 点灯人为什么认为自己要不停地点灯和熄灯?
2. 小王子认为点灯人做的事情怎么样?
3. 你觉得点灯人是个什么样的人呢?

小王子

第十五章

M 名师导读

　　这一次小王子来到一个豪华的星球上,在这个星球上居住着一位地理学家。地理学家在办公室里勤勤恳恳地记录和研究,但是面对小王子的提问却什么都不清楚,甚至不知道自己居住的星球是什么样子的。这真是个奇怪的地理学家。

　　第六个星球则要比刚才的大十倍,上面住着一位老先生,他正在写一部大部头的书。【名师点睛:"大部头"是指一些很厚很厚的书籍,带有迂腐的意味,这给我们留下了对老先生的第一印象,为下文情节的发展埋下伏笔。】

　　"看!来了一个探险家。"老先生看见小王子的时候,嚷道。

　　小王子在桌子旁边坐下来,有些喘不上气。他赶了那么多路!

"你从什么地方来？"老先生问小王子。

"这是什么巨著？您在这儿做什么？"小王子问。【名师点睛：果然，小王子又无视了老先生的问题，他依旧只对自己感兴趣的东西进行思考。】

"我是一个地理学家。"老先生回答道。

"什么叫地理学家？"

"地理学家，是一种学者，他知道哪儿有海洋，哪儿有江河、城市、山脉、沙漠。"

"这倒是有几分意思。"小王子说道，"这才算一种像样的职业。"他向周围望了望这个地理学家的星球。他还从来不曾看到过一颗这样豪华的星球。

"您的星球太美丽了。这里有没有海洋？"

"这事我不可能知道。"地理学家说道。

"噢！"小王子有点儿失望，"那么，山脉呢？"

"这……我无法知道。"地理学家说道。

"那有城市、河流和沙漠吗？"

"这……我也无法知道。"地理学家说。

"但您还是一个地理学家呢！"

"没错，"地理学家说，"不过我并不是一个探险家。我这里一个探险家也没有。地理学家不干探索城市、河流、山脉、海洋和沙漠这种事。地理学家非常重要，没有工夫去到处跑。他得寸步不离地待在办公室里。不过他能在办公室中接待探险家。他向探险家进行询问，将他们的回忆记下来。假如他觉得其中有一名探险家的回忆很有趣，那地理学家便会对这个探险家的品质进行一番调查。"【名师点睛：通过老先生的表述，我们得知这位地理学家的日常工作竟然只是待在自己的办公室里，记录来来往往的探险家的话语，他似乎更像是一个"记录家"。】

"这是为什么？"

▶ 小王子

"因为一个撒谎的探险家会给地理书带来灾难性的后果。同样，一个喜欢喝酒的探险家也是这样。"

"这又是为什么呢？"小王子问道。

"因为喝得醉醺(xūn)醺的人会将一个当作两个，那地理学家便会将只有一座山的地方标成两座山。"

"我知道一个人，如果要他探险，他也许会是一个糟糕的探险员。"小王子说道。

"这很有可能。所以，假如探险家的品质很好，就可以对他的发现进行调查。"

"去实地调查吗？"

"不，那太麻烦了。不过要求探险家提供依据，比如，如果他发现一座大山，便要求他带回一些大石头。"【名师点睛：地理学家为确保探险家提供的材料的真实性，竟然设置了很多规则。可是尽管如此，他依然是一个只待在一间房中便妄想得知天下事的地理学家。由此，伪地理学家的教条、迂腐、不切实际和爱空想等个性跃然纸上。】

地理学家突然忙碌起来。

"对啊，你是从很远的地方来的！你是一个探险家！你来为我介绍介绍自己的星球吧！"

接着，已经翻开登记册的地理学家，削着他的铅笔。他先拿铅笔写下探险家的口述，等到探险家提供依据后再用墨水记下。

"怎样？"地理学家问道。

"噢！我那儿，"小王子回答，"没什么意思，那里很小。我有三座火山，两座是活的，一座是死的。不过也不好说。"

"不好说。"地理学家重复道。

"我还拥有一朵花儿。"

"我们是不记录花朵的。"地理学家说。

"那是为什么？花儿是最漂亮的东西。"

"因为花朵的生命很短暂。"

"什么叫作短暂？"

"地理学书籍是一切书籍里最正经的书，"地理学家说，"这种书从来不会过时，极少会出现一座山移位的事情，极少会出现一片海洋干枯的事情。我们写具有永久性的东西……"【名师点睛：在地理学家看来，地理书中记录的必须是一些永久性的东西——凸显出这位伪地理学家的教条主义。他缺乏想象力，也不具有创新精神。】

"然而死的火山也许还会复苏的。"小王子打断地理学家的话。

"火山是死的也好，不死的也罢，这对我们这样的人而言没什么区别。"地理学家说道，"对我们来说，最重要的是山。山是不可能移位的。"

"不过，什么叫作'短暂'呢？"小王子再次追问。只要他提出问题就从不放弃。

"意思是，可能很快就会消失。"

"我的花儿不久就会消失吗？"

"那还用说。"

小王子喃(nán)喃自语地说："我的花儿的生命是短暂的，并且她仅有四根刺来保护自己！但我竟把她孤苦伶仃地扔在家中！"【名师点睛：玫瑰花是整个故事的一条内在线索，贯穿着全文，小王子无时无刻不在思念着他的花儿，并且他对花儿的感情也在一步步加深。】

这是他第一次觉得很后悔，不过他再次鼓起勇气说：

"您能不能指点我下一个去访问什么地方？"

"到地球这个星球上去吧，"地理学家答道，"它的声望非常高……"

于是小王子走了，他一边走一边想着他的花儿。

▶ 小王子

Z 知识考点

1.第六个星球上住着一位_____,但是这个地理学家没有工夫去到处跑,他每天都待在_____,记录着_____的经历。

2.这位地理学家真的是个博学的地理学家吗?
___
___
___

Y 阅读与思考

1.这位地理学家是否了解自己所居住的星球?

2.这位地理学家为什么不记录花儿?

3.小王子对花儿的感情有了哪些新的变化?

第十六章

M 名师导读

　　小王子来到的第七个星球叫作地球。地球是一颗不一般的星球，它辉煌壮丽，在小王子眼中这到底是个怎样的地方呢？

　　地球可不是一个普通的星球！它上边有一百一十一个国王（当然，没有遗漏掉黑人国王），七千位地理学家，九十万名商人，七百五十万个酒徒，三亿一千一百万个虚荣心极强的人，也就是说，大概有二十亿个大人。【名师点睛：地球不同于小王子之前拜访过的那些冷清的星球，这里有着众多的人口。并且小王子之前遇到过的那些人，在地球上有着更多，这些人的特质也代表着一部分人类的缺点，这真是个壮观的星球！】

　　为了让你们对地球到底有多大有个概念，我应当对你们说：

　　在发明电以前，在六个大洲上，为了点路灯，必须维持一支人数为四十六万二千五百一十一人的真正大军。

　　从稍微远的地方望去，它给人留下一种辉煌壮丽的印象。这支军队的动作如同歌剧院里的芭蕾舞动作，井然有序。带头上场的是新西兰和澳大利亚的点灯人。点亮了灯，他们便去睡觉了。接着就是中国和西伯利亚的点灯人登场。然后，他们也躲到幕布后边去了。接着就轮到俄罗斯和印度的点灯人上场了。随后又是非洲和欧洲的。紧跟着是南美的，然后是北美的。【写作借鉴：作者运用描写一出歌舞剧的方式向我们介绍了地球昼夜交替的自然规律，每个国家按照顺序依次点灯也说明了地球是个很大的星球，有着非常多的人。】

▶ 小王子

他们从来都不会弄错进场的顺序。太让人惊叹了！

北极仅有一盏路灯，南极也只有一盏。唯独北极的点灯人和他南极的同行，过着悠闲、懒散的生活：他们每年只工作两次。【名师点睛：这句话告诉我们，地球上的北极和南极有极昼、极夜的现象。】

Z 知识考点

1. 地球上面有_____位国王，七千位_____，九十万名_____，_____个酒徒，三亿一千一百万个_____，也就是说，大概有_____个大人。

2. 地球上有几个大洲？

_____
_____
_____

Y 阅读与思考

1. 地球上点灯的大军有多少人？
2. 地球上辉煌壮丽的景象是什么样的？
3. 北极和南极的点灯人为什么每年只工作两次？

第十七章

> **M 名师导读**
>
> 在讲述了地球的不平凡后,小王子来到了一片沙漠。在这里他遇到了第一个生物,这个生物说的话十分神秘,他们聊了些什么呢?

当人们想要把话说得俏皮些的时候,可能就会说得不大实在。在给你们讲点灯人的时候,我就不那么忠实,很可能给不了解我们这个星球的人们造成错误的概念。在地球上,人所占的位置非常小。如果住在地球上的二十亿居民全站着,并且像开大会一样靠得紧些,那么就可以从容地站在一个二十海里见方的广场上。也就是说可以把整个人类集中在太平洋中一个最小的岛屿上。

当然了,大人们是不可能会相信你们的。他们认为自己会占到很大的面积,他们以为自己像猴面包树那样大。你们可以提议他们算一

▶ 小王子

算，这么做会让他们非常开心，因为他们对数字情有独钟。但是你们不必花工夫去做这种无聊麻烦的演算了，这没有丝毫用处。你们可以相信我。

小王子来到地球上觉得非常奇怪，他一个人影都没看见，他正害怕自己走错了星球，【写作借鉴：此处是小王子的心理描写，初到地球时感受到的空旷让他内心诧异和不安。】这个时候，在沙地里有个月光色的圆环在慢慢地移动着。

小王子内心不太确定地随口说了一句："晚安。"

"晚安。"蛇说道。

"我这是落在什么星球上了？"小王子问道。

"这儿是地球，在非洲。"蛇回答道。

"噢……什么，难道地球上没有人吗？"

"这个地方是沙漠，沙漠中没有人。地球相当大。"蛇说。

小王子坐到一块石头上，抬起头看着天空，说："我在想，这些星星闪烁发光，是不是为了使所有的人有朝一日都能够再次找到他们的星球。瞧，我的那个星球，它刚好在我们头顶上方……但是，它离我们太遥远了！"【名师点睛：小王子刚才还在好奇地球上怎么没有人，此刻望着天空却开始思念起自己的家乡了。他的思维如此跳跃，但也更加说明了思乡之情一直萦绕在他的心中，挥散不去。】

"它真漂亮。"蛇说道，"你到这儿来做什么？"

"我和一朵花儿发生了不愉快。"小王子说道。

"哦！"蛇说道。然后他们都一言不发了。

"人在哪里？"小王子总算又说话了，"在沙漠里，实在是有些孤寂……"

"和人在一块儿，也同样孤寂。"蛇说。

小王子长时间地望着蛇。

"你是一个奇异的动物，细得如同一根手指头……"小王子说道。

"不过我比一位国王的手指要更厉害。"蛇说道。

小王子微微笑了笑,说道:

"你根本没有那么厉害……你连脚都没有……你几乎都无法走路……"

"我可以将你送到非常遥远的地方,比一条船能够去的地方更远。"蛇说。【名师点睛:蛇说出的话总是充满着哲理和神秘色彩,遥远的地方究竟是哪里呢?在后面的内容中我们将得知答案。】

蛇就盘到小王子的脚踝(huái)上,如同一只金镯(zhuó)子。【写作借鉴:运用比喻的修辞手法,把蛇盘绕在小王子脚踝上的状态比作"金镯子",生动形象地展现了蛇的光泽和力量。】

▶ **小王子**

"被我碰到的人,我会将他送回原来的地方。"蛇还说道,"但是你是天真的,并且是从另外一颗星球上来的……"

小王子一言不发。

"在这个由花岗岩构成的地球上,你这样弱不禁风,我非常同情你。假如你十分思念自己的星球,那个时候我会帮助你。我可以……"

【名师点睛:蛇的这段话意犹未尽,它表达了想要帮助小王子的愿望,也铺垫了小王子的结局。】

"哦!我非常明白你说的话。"小王子说道,"不过你讲话怎么句句都像叫人猜谜语一样?"

"这些谜语我全都能够解开。"蛇说。

于是他们又都沉默起来。

Z 知识考点

1.小王子最初来到地球上的时候觉得＿＿＿＿,因为＿＿＿＿＿＿＿,他正害怕自己走错了星球,这时,在＿＿＿＿里有个＿＿＿＿＿＿＿在慢慢移动着。

2.小王子来到地球后遇到的第一个生物是什么?

＿＿＿＿＿＿＿＿＿＿＿＿＿＿＿＿＿＿＿＿＿＿＿＿＿＿
＿＿＿＿＿＿＿＿＿＿＿＿＿＿＿＿＿＿＿＿＿＿＿＿＿＿
＿＿＿＿＿＿＿＿＿＿＿＿＿＿＿＿＿＿＿＿＿＿＿＿＿＿

Y 阅读与思考

1.小王子落在了地球的哪个地方?

2.蛇为什么会说与人在一起的时候同样孤寂?

3.蛇说的话为什么总是那么神秘?

第十八章

M 名师导读

小王子在沙漠中继续寻找着人类,途中,他遇到了一朵花儿,花儿告诉他,人被风吹着到处跑。

小王子一直朝前走,想要穿过沙漠。这一路上,他只遇见了一朵花儿。

那是一朵只有三片花瓣的毫不起眼的小花,她孤单地开在沙漠里,周围没有一个同伴。

"你好。"小王子说。

"你好。"花儿说。遇见她让小王子很高兴。

▶ 小王子

"请问人在什么地方？"他彬彬有礼地问道。

花儿想了一下，说："人吗？我想是有那么六七个，我曾在好多年前看见过他们。"【名师点睛："好多年前"和"六七个"这两个词，从时间和数量上告诉了我们沙漠中很少会有人来。】

这朵花儿曾看见一支骆驼商队走过。

"可是，谁也不知道他们到哪儿去了。"

小王子露出了不解的神情。

花儿叹了口气说道："他们没有根，风吹着他们到处跑，永远也停不下来。我想，这使他们受了不少的苦。"【名师点睛：花儿认为人类只是风和命运的玩物，被动地四处漂泊，没有真正的自由。】

"再见了。"小王子说。

"再见。"花儿说。

Z 知识考点

1.小王子一直朝前走,想要＿＿＿＿＿＿,这一路上,他只遇见了＿＿＿＿＿＿。

2.这是一朵怎样的花儿？

_____

_____

_____

Y 阅读与思考

1.这朵花儿曾经看见过人类吗？

2.在这朵花儿看来,人类是怎样的？

第十九章

M 名师导读

> 小王子爬上了一座高山,希望通过高声呼喊的方式来得到人类的回应,但是传来的只有冷冰冰的回音,小王子觉得内心愈发孤独。

后来,小王子爬上一座高山。他以前所知道的山就只有高及他膝盖的那三座火山,他还把那座死火山当板凳用。

小王子自言自语道:"站在这么高的山上,我应该一眼就能看到整个星球和所有的人。"

等他登上了山顶,却很失望。除了一些高耸入云的陡峭山峰外,他什么都看不到。【名师点睛:小王子对地球的认知还很浅薄,所以在登上高山后发现依然无人,内心不免万分失落。】

"你好!"小王子试探着喊了一声。

"你好……你好……你好……"回声在回答他。

"你们是谁?"小王子问。

"你们是谁……你们是谁……你们是谁……"还是只有回声回答他。

"做我的朋友吧,我好孤单!"他说。

"我好孤单……好孤单……好孤单……"回声又回答着。"好奇怪的星球!"小王子想。

"到处都是光秃秃的、尖尖的、咸咸的。还有那些人,完全没有想象力,人家说什么,他们就说什么……我家里的那朵花儿,她总是先开口说话……"【名师点睛:回声总是重复人们的话语,这也象征了人与人

▶ 小王子

之间的一种交流方式。在这个世界上，人和人之间的沟通总是缺乏真心，更多的只是冷漠敷衍，这深刻地反映出作者内心的孤寂。】

Z 知识考点

1.这次小王子爬上了＿＿＿＿＿＿＿＿,小王子觉得站在这么高的＿＿＿＿＿＿＿＿,应该一眼就能看到＿＿＿＿＿＿＿＿。

2.小王子登上山顶后看到什么了吗?

_____

_____

_____

Y 阅读与思考

1.回声回答小王子的问题了吗?

2.小王子对地球有什么感受?

小王子

第二十章

M 名师导读

小王子来到了一座开满玫瑰花的花园,他感到无比失落,最后甚至忍不住哭了起来,他究竟知道了什么?

在沙漠、岩石、雪地上行走了很长的时间以后,小王子终于发现了一条大路。所有的大路都是通往人住的地方的。

"你们好。"小王子说。

这是一座玫瑰花盛放的花园。

"你好。"玫瑰花说。

小王子看着这些花儿,她们全部都很像他的那朵花儿。

"你们是哪种花儿?"小王子吃惊地问。

"我们是玫瑰花。"玫瑰花说。

"哦！"小王子说。他觉得很难过。他的那朵花儿曾经告诉他，她是全宇宙唯一的一朵花儿。但是就在这个花园中，就有五千朵一模一样的这样的花儿！【名师点睛：小王子突然发现地球上有着许多玫瑰花，而自己一直记挂在心中的那一朵玫瑰花并不是独一无二的存在，小王子心中觉得万分失落。】

　　小王子对自己说："假如她看见这些花儿，肯定会恼羞成怒……她的咳嗽将更加严重，而且为了挽回面子，她会假装要死要活。那么我还要装作呵护她，不然的话，她为了让我觉得难堪，也许真会寻死的……"【名师点睛：小王子对自己的玫瑰花是如此了解，他已经知晓了玫瑰花每一个举动的目的，尽管如此，此时此刻他依然心心念念地为自己的那朵玫瑰花着想。】接着他又说道，"我还以为我有一朵独一无二的花儿呢，其实我有的仅是一朵普通的花儿。这朵花儿，再加上三座只有我的膝盖那么高的火山，而且其中一座还可能是永远不会再喷发的，这一切不会使我成为一个了不起的王子……"于是，他躺在草丛中哭泣起来。【名师点睛：小王子回想了在自己的星球上所拥有的东西后，觉得内心有点儿空荡，他本以为自己还算是富足的，现在发现那些根本不算什么。】

▶ 小王子

🅩 知识考点

1. 在＿＿＿＿＿、＿＿＿＿＿、＿＿＿＿＿上行走了很长的时间后，小王子终于发现了＿＿＿＿＿。所有的＿＿＿＿＿都是通往＿＿＿＿＿。

2.小王子这次遇到了什么呢？

＿＿＿＿＿＿＿＿＿＿＿＿＿＿＿＿＿＿＿＿＿＿＿＿＿＿＿＿＿＿＿＿

＿＿＿＿＿＿＿＿＿＿＿＿＿＿＿＿＿＿＿＿＿＿＿＿＿＿＿＿＿＿＿＿

＿＿＿＿＿＿＿＿＿＿＿＿＿＿＿＿＿＿＿＿＿＿＿＿＿＿＿＿＿＿＿＿

🅨 阅读与思考

1.小王子来到了哪里？

2.小王子为什么要哭？

第二十一章

M 名师导读

　　正当小王子难过时,跑出来了一只狐狸,狐狸告诉了小王子什么叫作"驯服",并和小王子建立了"驯服"关系。在这个过程中,小王子也渐渐改变了对自己那朵玫瑰花的看法。

　　就在这当口儿,跑来了一只狐狸。

　　"你好。"狐狸说。

　　"你好。"小王子彬彬有礼地答道。他转过身来,可是没看到任何东西。

　　"我在这里,在苹果树底下。"那个声音说。

　　"你是谁?"小王子问,"你真漂亮。"

　　"我是狐狸。"狐狸说。

▶ 小王子

"来跟我一块儿玩吧,"小王子提议说,"我很难过……"

"我不能跟你一起玩,"狐狸说,"我不是一只被驯服了的动物。"

"哦!很抱歉。"小王子说。想了片刻,他接着说:【写作借鉴:此处为细节描写,爱思考的小王子又开始思索问题了。】

"什么叫'驯服'呢?"

"你不是这里的人?"狐狸说,"你来找什么?"

"我来寻找人。"小王子说,"什么才叫'驯服'呢?"

"人,"狐狸说,"他们都有枪,还狩(shòu)猎,这真可恶!仅有的好处就是他们还养鸡,你也是来找鸡的吗?"

"不是的,"小王子说,"我是来找朋友的。什么才叫'驯服'呢?"

"这是早已被人遗忘的事,"狐狸说,"它就是指'建立联系'。"

"建立联系?"

"完全正确,"狐狸说,"对我而言,你只不过是一个小男孩罢了,就和别的千千万万个小男孩一样。我用不着你,你也不需要我。对你而言,我仅仅是一只狐狸,和别的千千万万只狐狸完全一样。可是,假如你驯服了我,我们就彼此需要了。对我而言,你就是世上独一无二的了;我对你而言,也是世上独一无二的了。"【名师点睛:狐狸在本书中是爱与智慧的象征。他提出并解释了"驯服"的含义:两者之间建立彼此需要的关系。在完成驯服关系的建立后,彼此之间就会变成独一无二的存在。】

"我明白一点儿了。"小王子说,"有一朵花儿……我想,她把我驯服了……"【名师点睛:小王子在听罢狐狸对"驯服"的一番解释后,似乎渐渐开始明白了自己和花儿之间的关系。】

"这有可能。"狐狸说,"地球上各种各样的事情都有可能发生……"

"哦,这并非地球上的事情。"小王子说。

狐狸感到非常奇怪。

"是在别的星球上吗?"

"对。"

"在那个星球上,有没有猎人?"

"没有。"

"这太有趣了。那么,有没有鸡呢?"

"没有。"

"没有完美无缺的东西。"狐狸叹着气说。【名师点睛:狐狸的话总是耐人寻味,他告诉了我们在这个世界上没有十全十美的东西,我们应该用一颗平常心来看待世间的残缺。】

但是,狐狸重新说起原先的话题:

"我的生活非常枯燥。我捕捉鸡,而人又捕捉我。凡是鸡全都是一个样子,凡是人也全都是一个样子。所以,我觉得有点儿腻烦了。不过,假如你驯服了我,我的生活肯定就会充满阳光。我能听出一种非同寻常的脚步声。别的脚步声会让我钻入地洞,而你的脚步声则会像

小王子

音乐般美妙，把我从洞里召唤出来。还有，你看！你看见那边的麦地了吗？我不吃面包，麦子对我而言，毫无作用。麦地让我毫不动心。而这，真是可悲！不过，你长着一头金发，如果你驯服了我，这就会非常美好。麦子是金色的，它就会让我记起你。并且，我甚至会爱上那风吹动麦子的声响……"【名师点睛：狐狸拥有智者的思维，能够洞悉世事，然而内心却十分孤独。他渴望能够跟小王子建立驯服关系，以此得到小王子的爱与关心。这样一来，他四周的事物也会随之变得有意义，他不用总是在过单调乏味的捕猎生活。】

狐狸不再说话，望了小王子很久。

"请你把我驯服吧！"他说。

"我也希望。"小王子回答，"但是我没有太多的时间。我还得去找朋友，还有很多新鲜的东西要了解。"

"只有被自己驯服的东西，才有可能被了解。"狐狸说，"人没有时间去认识别的事物。他们常常到商人那儿去买准备好的东西。由于世上还没有出售朋友的商店，因此人没有朋友。假如你想得到一个朋友，那就把我驯服吧！"【名师点睛:狐狸再一次陈述了"驯服"的含义，同时也告诉小王子，在地球上想要得到真正的友情是很困难的一件事情。小王子只有将狐狸驯服，才能获得一份友谊。】

"那我应该做些什么呢？"小王子问。

"应该很有耐性。"狐狸说，"首先，你先坐在离我不太远的草丛里。我会斜着眼睛偷偷看你，你什么都别说。语言是误解的源泉。不过，明天你就坐得离我稍近一点儿……"

第二天，小王子又来了。

"还是在同一时刻来为好。"狐狸说，"比方说，你下午四点来，那么从三点钟开始，我便开始觉得幸福。时间越接近，我就越觉得幸福。到四点钟时，我就会坐立不安，非常着急，我就会明白幸福的价值。【名师点睛:狐狸告诉小王子每天最好能够定时定点地来,这样他的心中就有了期待的方向,想着自己喜欢的朋友马上就要到来的心情是多么幸福啊！】可是，假如你不按时来，我就不知道在几点应该装扮我的心……需要有一定的仪式。"

"什么叫'仪式'？"小王子问。

"这同样是一件早已被人遗忘的事情。"狐狸说，"它就是让某一天和别的日子不一样，让某一个小时和别的时间不一样。例如，我的那帮猎人们就有一个仪式，他们每逢周四都与村子里的姑娘们跳舞。于是，周四就是美妙的一天！我就可以去葡萄园里散步。假如猎人们不

▶ 小王子

挑日子就跳舞，每天又都一个样儿，那么我便没有假期了。"

于是，小王子把狐狸驯服了。当离开的时候就要来临时：

"哦！"狐狸说，"我肯定会哭泣的。"

"这是你的不对，"小王子说，"我原本一点儿也不想让你难过，但你却让我驯服你……"

"是的。"狐狸说。

"你却想哭泣了！"小王子说。

"当然了。"狐狸说。

"那么你一无所获。"

"因为我得到了麦子的颜色，所以我还是有所收获的。"狐狸说。【名师点睛：狐狸反驳了小王子的想法，小王子对他的驯服让金黄的麦子被赋予了新的含义。感情不会因为分离而失去价值，真正的感情会永远留存在彼此的心底，被小心地珍藏呵护。】

接着，他继续说："再去探望一下那些玫瑰花吧。你将会明白，你的那朵花儿是世上唯一的玫瑰花。等你再回来和我告别的时候，我会送给你一个秘密。"【名师点睛：狐狸的这句话有承上启下的作用，小王子即将再次去探望那些玫瑰花，这次他是否能明白"驯服"真正的含义呢？狐狸究竟要告诉小王子什么秘密？】

于是小王子又去探望了那些玫瑰花。

"你们和我的那朵玫瑰花根本不一样，你们现在什么都不是！"小王子对她们说，"谁也没有驯服你们，同样你们也没有驯服什么人。你们就像我的狐狸之前那样，他只是与千万只其他的狐狸完全一样的一只狐狸。可是，我已经把他当成了我的朋友，如今他是这世上独一无二的了。"

此时，那些玫瑰花非常不自在。

"你们真美，可你们是空白的。"小王子依旧对她们说，"没有人为你们而死。当然了，我的那朵玫瑰花，普通的过路人会认为她和你们没有什么区别。但是，她独自一朵花儿就比你们都要重要，因为是我为她浇水，是我为她罩上花罩，是我竖起屏风呵护她的。她身上的毛虫也是我消灭的(除去留下两三只变蝴蝶以外)。【名师点睛：这是一段小王子的独白。当他再次回到玫瑰园的时候，终于能够领悟到自己的玫瑰花与众不同的地方了。因为小王子对自己的玫瑰花倾注了爱，付出了时间和用心，所以在他们之间有一种亲密的关系，这种关系决定着这朵玫瑰花是独一无二的。】我聆听过她的抱怨和吹嘘，甚至有的时候我会看着她默然无语的模样。她是我的玫瑰花。"

他又返回狐狸那儿。

"再见。"小王子说。

"再见。"狐狸说，"瞧，这便是我的秘密。它十分简单：只有用心去看才会看得真切。本质的东西，用眼睛是无法看清的。"

"本质的东西，用眼睛是无法看清的。"小王子又念了一遍这句话，为了能把它牢记于心。【名师点睛：狐狸说出了秘密，最珍贵的部分是眼睛所看不到的，唯有用心去体会，才能感受到爱的存在。】

"正是由于你为了你的玫瑰花花费了时间，这才令你的玫瑰花变得这样不可缺少。"【名师点睛：只有我们花费了时间和精力去呵护过的东西，才会被赋予意义，才会在我们心中变得与众不同。】

"正是由于我为我的玫瑰花花费了时间……"小王子又说，要让自己把这些都记在心上。

"人们已经遗忘了这条真理，"狐狸说，"但是，你不能忘。如今你要对你驯服过的东西负责到底。你该对你的玫瑰花负责……"

"我要对我的玫瑰花负责……"小王子又重复着。

▶ 小王子

Z 知识考点

1.正当小王子哭泣的时候,跑来了一只_____,他向小王子提出了一个词语——_____,并且告诉小王子,如果将他驯服,对他而言,小王子的脚步声将会像_____,麦地也会变得非常_____。

2."驯服"在狐狸看来是什么意思?

_____

_____

_____

Y 阅读与思考

1.狐狸告诉了我们哪些道理呢?

2.狐狸为什么想让小王子驯服自己?

3.小王子对自己星球上的玫瑰花的看法有了什么改变吗?

第二十二章

> M 名师导读
>
> 小王子看到了轰隆轰隆驶过的火车,他很好奇这些火车上的人都要前往何方。车上的人们虽然步履匆匆,但其实并不清楚自己内心所追寻的方向。

"你好。"小王子说。

"你好。"扳(bān)道工说。

"你在这儿干什么呢?"小王子问。

"我一拨一拨地给旅客分组,按一千人一拨,"扳道工说,"我调配这些乘载客人的火车,它们有时开往右边,有时开往左边。"

此时,一列灯火通明的火车疾速驶来,隆隆地响着,把扳道房震得摇晃起来。

"他们太忙了,"小王子说,"他们想要找什么?"【名师点睛:我们生活中常见的火车,在小王子那里却是一个新奇的存在,所以小王子也提出了一个被我们所忽略的问题:人们总是脚步匆匆,到底在追寻什么呢?】

"连开火车的人自己都不知道。"扳道工说。【名师点睛:连开火车的人都不知道自己追寻的方向到底是什么,成年人的奔波有时候很盲目。】

接着,第二列灯火通明的火车又从反方向呼啸而来。

"他们为什么回来?"小王子问。

"他们已经不是刚才那些人了。"扳道工说,"这是对开火车。"

"他们对自己以前的居所不满意吗?"

"人们总是不会满足于自己的居所的。"扳道工说。

▶ 小王子

这时，第三列灯火通明的火车又轰隆隆地驶过。

"他们是在追赶首批旅客吗？"小王子问。

"他们从来都不追赶。"扳道工说，"他们在里边呼呼大睡，或者打哈欠。只有孩子们将鼻子靠在玻璃上向外看。"

"只有孩子才知道他们自己要寻觅的东西。"小王子说，"他们为了一个布娃娃花费了不少时间，这个布娃娃就变得非常重要了，假如有人抢走他们的布娃娃，他们就会哭闹……"【名师点睛：与大人相比，反而是孩子们对自己的目标更确定，孩子们总是知道自己要的是什么，这样的对比引人深思。】

"他们真幸运。"扳道工说。

Z 知识考点

1.在本章中，小王子遇到了一名＿＿＿＿＿。当看到第一列火车驶过时，小王子说道："＿＿＿＿＿，＿＿＿＿＿？"

2.扳道工的工作内容是什么？

＿＿＿＿＿＿＿＿＿＿＿＿＿＿＿＿＿＿＿＿＿＿＿＿＿＿

＿＿＿＿＿＿＿＿＿＿＿＿＿＿＿＿＿＿＿＿＿＿＿＿＿＿

Y 阅读与思考

1.人们是否知道自己在追寻什么呢？

2.人们为什么总是不满意自己的居所？

3.布娃娃的例子告诉了我们什么？

第二十三章

M 名师导读

有位商人在卖一种叫作"解渴药"的药丸,这个药丸每星期可以帮助人们节省五十三分钟,可是人们真的有必要吃这个药丸吗?

"你好。"小王子说。

"你好。"商人说。

这是一个卖解渴药的商人。这种精致的药丸每星期服下一丸就再也不需要喝水了。

"你卖这种东西干什么?"小王子问。

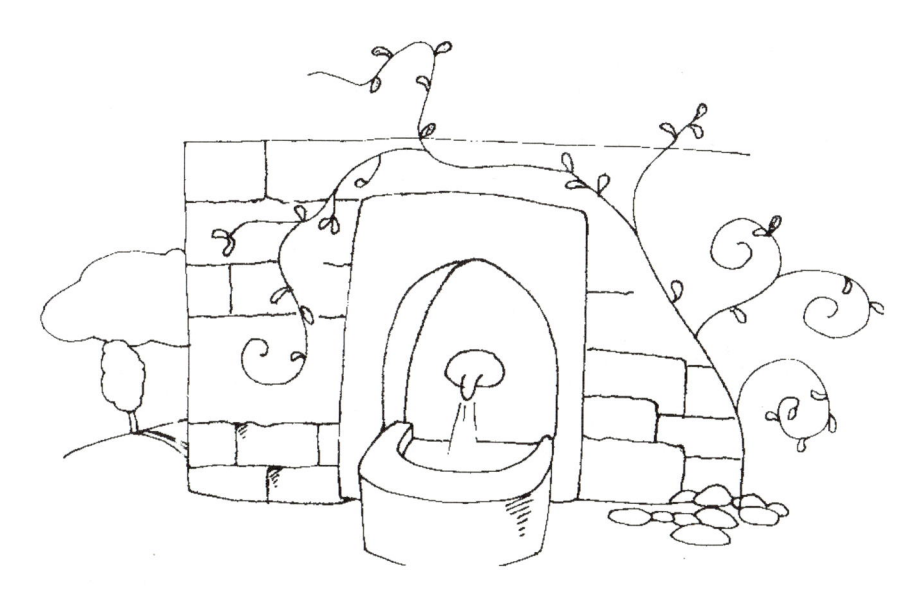

"这样就节省了很多时间。"商人说,"专家们估算过,这样每星期就能够节省五十三分钟。"【**名师点睛**:时间就是金钱,在商人看来,人们

▶ **小王子**

可以通过金钱买到时间，这真是个赚钱的生意。】

"那么，这五十三分钟用来干什么呢？"

"干什么都可以……"

小王子自言自语地说："我如果有五十三分钟可支配，我就悠闲自得地向水泉走去……"【名师点睛：高科技文明有时会导致人们产生对科技过度依赖的心理，反而丢失了最真实的生活。】

Z 知识考点

1.小王子遇到了一位＿＿＿＿＿＿，他正卖着＿＿＿＿＿＿。

2."解渴药"有什么用呢？

＿＿＿＿＿＿＿＿＿＿＿＿＿＿＿＿＿＿＿＿＿＿＿＿＿＿＿＿

＿＿＿＿＿＿＿＿＿＿＿＿＿＿＿＿＿＿＿＿＿＿＿＿＿＿＿＿

＿＿＿＿＿＿＿＿＿＿＿＿＿＿＿＿＿＿＿＿＿＿＿＿＿＿＿＿

Y 阅读与思考

1.人们为什么想要节省时间？

2.在小王子看来这种药有意义吗？

3.如果有这种药的话，你会买吗？

第二十四章

M 名师导读

在听小王子回忆时,"我"喝完了剩下的最后一滴水,此时寻找泉水成了当务之急。小王子坚信在沙漠的某个角落藏着一口水井,那么"我们"到底找到了吗?

这是我在沙漠上空出了事故后的第八天。我听着有关这个商人的故事,喝完了我所备用的最后一滴水。

"哦!"我对小王子说,"你回忆的这些故事真美好,但是我仍然没能修理好我的飞机。我没有水喝了,如果我能悠闲地走向一泓(hóng)泉水,我肯定也会非常快活的!"【名师点睛:"我"的一句话把读者拉回现实,之前我们所看的故事都是小王子的美好回忆,而此时此刻最亟待解决的问题是找到水喝。】

小王子对我说:"我的伙伴狐狸……"

"我的小家伙,此刻别再说任何狐狸的事了!"

"为什么呢?"

"因为我都快要渴死了。"

他不懂我的话,他继续说:

"就算是快要死了,曾经有一个朋友也好啊!我就因为曾经有一个狐狸朋友而感到很满意……"

"他不知道危险。"我想道,"他从来都没尝过饥渴的滋味。只要有一线阳光,他就很满意了……"

他望着我,好像猜中了我的想法:

▶ 小王子

"我也渴了……我们去找一口水井吧……"

我表现出烦躁的模样:在一望无际的大沙漠中盲目地去寻找水井,太荒谬(miù)了。但是,我们仍然出发去找了。

当我们一言不发地走了几个钟头之后,夜幕降临了,星星闪耀着光芒。【名师点睛:星星已经出来了,表明"我"和小王子已经从天亮走到了天黑,可是"我们"依然没有找到水,情况也变得越来越紧急。】

因为口渴我有些发烧,我望着这些星星,以为自己在梦境之中。小王子的话好像在我的脑子里跳跃着。

"你也感到口渴吗?"我问他。

他没有回答我的话,只是简单地对我说:

"水对心同样是有好处的……"

我不理解他的话,但我也没说话……我知道不该这样问他。

他走得很累了,于是坐下来。我挨着他坐下。沉默片刻,他接着说:

"星星是非常美丽的,因为里面有一朵人们看不到的花儿……"

我回应道:"是的。"然后我静静地望着月光下高低起伏的沙地。

"沙漠真漂亮。"他接着说。说得没错,我一直很喜欢沙漠。在一个沙丘上坐着,什么都看不到、听不到。然而,却不知是什么东西在静静地发光……

"令沙漠更壮观的,就是某个地方,隐藏着一口水井……"【名师点睛:在沙漠中,最具有吸引力的东西莫过于水源了,这也是鼓励着人们不断去探寻的动力。小王子的话也告诉了我们:美丽的东西之所以令人神往,在于它的身上有着无比奇妙的存在,需要我们用一颗善于发现的心去寻找。】

我很惊讶,突然明白了为什么沙漠之中有神秘的闪光。在我还是个小男孩时,我居住在一间古老的屋子里。据说,这间屋子里面埋着一件宝物。当然,从来没有一个人能够找到这件宝物,也许根本就没有人去寻找过它。可是,这件宝物却令这座房子充满了魅力。我家的房屋在心底埋藏着一个秘密……

我对小王子说："对，不管是房屋、星星，还是沙漠，美好的东西是肉眼看不到的。"

"我非常欣慰，你同我的狐狸想的一样。"小王子说。

小王子入睡了，我将他抱在怀中，继续走路。我非常感动，如同抱着一件脆弱的宝物，好像在地球上没有什么东西比这更脆弱了。【名师点睛：当"我"内心的纯真和美好被唤醒之后，"我"终于体会到小王子的可贵之处，这也正是"我"在岁月的磨炼中丢失掉的东西。】我在月光下望着这苍白的前额，这紧闭的双眼，这在风中抖动的缕缕秀发，此时我想："我所看见的只是外表，更重要的是看不到的……"

因为看见他半张的双唇上泛出一丝笑意，我又自言自语地说道："在这位熟睡的小王子这里，打动我的，是他对他的那朵花儿的忠贞，是在他心里闪动的那朵玫瑰花的情影。即便在小王子熟睡时，那朵花儿也如同一盏灯的火焰一般，在他心中发光。"于是，我越发感觉到他的脆弱。因为灯焰需要呵护，一阵风也许就会将它吹灭……

于是，就这样走着，我在黎明时发现了水井。

Z 知识考点

1.在本章中，我们从小王子回忆的故事回到了现实，这是"我"在沙漠上出事的第_____天，我们此刻遇到的最大的问题是：_____。

2.我和小王子最后找到水了吗？

Y 阅读与思考

1.小王子为什么说水对心也是有好处的？

2.令沙漠更壮观的是什么东西？

3."我"的心态有了怎样的改变？

95

小王子

第二十五章

> **M 名师导读**
>
> "我"和小王子喝了从井里打上来的水,解决了口渴的问题。"我们"又一次聊到了之前的一些话题,但是渐渐地"我"感觉到,小王子似乎准备离开了……

"那些人们,他们拥挤在火车里,但是却不知道要寻找什么。于是,他们就忙忙碌碌,来回转圈子……"小王子说道。

他继续说:

"何必要这么折腾呢?"

我们最后找到的这口水井,不像撒哈拉的那些井。撒哈拉的井只是在沙漠里挖的洞,这口水井则和村子里的井一样。但是那儿又没有什么村庄,我还以为自己正在梦中呢。

"奇怪了,"我对小王子说,"一切都已备齐:辘轳、桶、绳子……"

他微笑起来,抓住绳子,摇转辘轳。辘轳好像一个已很久无风吹拂的旧风标似的,吱呀吱呀地响着。"快听,"小王子说,"我们叫醒了这口水井,此刻它正在唱歌呢……"【名师点睛:小王子觉得这口水井在唱歌,多么有趣的情景啊,小王子的世界真是太纯真了!】

我不忍心让他太累。

我对他说:"还是我来吧。这活儿对你来说很重。"

我轻轻地将水桶拉到井口,把它平稳地搁在那儿,倾听着辘轳的歌唱。

97

▶ 小王子

在仍旧荡漾的水面上，我看到太阳的影子在摇晃。

"我正渴望喝这样的水。"小王子说，"给我喝几口……"

现在我才知道他要找什么了！

我将水桶举到他的嘴唇边。他闭起双眼喝水，好像过节一样甜蜜。这水不仅是一种养料，它是在星光下经过长途跋涉才寻找到的，是在辘轳唱的歌声中，在我两只胳膊的努力下诞生的。它就像是一件礼物一样安慰着心灵。

在我还小的时候，圣诞树上悬挂的灯，午夜弥撒的音乐声，甜美的笑容，这些都让圣诞节时收到的礼物发出幸福的光芒。

"你们这儿的人在一个花园里种植了五千朵玫瑰花。"小王子说，"但是，他们从中却无法发现自己想要的东西……"

"他们没有发现。"我回答。

"可是，他们所寻觅的东西完全可以在一朵玫瑰花或者一滴水里找到……"

"千真万确。"我回答。【名师点睛：这段对话表现出小王子对人类空虚、盲目、乏味、枯燥的生活的担忧。人类总是很迷茫，不知道自己真正想要的是什么，他们不过是一群孤独并且没有方向的旅行者，不明白生命存在的意义。】

小王子接着补充道：

"眼睛是什么都不会看到的，应当用心灵去找。"

我喝过水，畅快地喘息着。沙子在曙光中发出如蜜般的光芒。这蜜一样的光芒也令我感到幸福。可是我为什么觉得有些难过呢……

小王子再次靠近我坐下。他轻轻地对我说："你应当履行你的承诺。"

"什么承诺？"

"你知道……为我的小羊画一个嘴套子……我必须对我的花儿负责！"【名师点睛："我必须对我的花儿负责"一句表明了小王子真正懂得了"责任"的含义。】

我从衣兜里掏出我的画稿。小王子看到了，微笑着说：

"你的猴面包树这幅画，有些像圆白菜……"

"哦！"

我还为我的猴面包树这幅画感到很骄傲呢！

"你的狐狸……他那两只耳朵……有些像角……并且过长！"

此时，他还在笑着。

"小家伙，你真不公平。我以前只会画打开了肚子和没打开肚子的大蟒蛇。"

"哦！这就不错啦。"他说，"孩子们都能看懂。"【名师点睛："我"和小王子的交流越来越顺畅，"我们"之间的气氛也变得欢快了许多。】

我就拿着铅笔画出一个嘴套子。在我将它交给小王子的时候，我的心情有些沉重：

"你的计划，我丝毫都不知道……"

可是他避而不答，他对我说：

"你知道，我降到地球上……到明天已经一周年了……"

随后，沉默了片刻，他接着说：

"我就降到这附近……"

这时，他的脸通红。

我不知道是什么原因，又有一阵难以言喻的悲哀。此时，我提出了一个问题：

"一周之前，我和你结识的那天早晨，你独自一人在这荒凉的地方走着。这么说来，这并非巧遇了？你想返回你的降落点，是不是？"

小王子的脸又变得通红。【名师点睛：单纯的小王子并不会撒谎，他的内心有些忐忑，因此也在不停地回避"我"的问题。】

我迟疑不决地又问道：

"也许是为了周年纪念吧？"

小王子的脸再次变红了。他一直回避我提的这种问题，可是脸变

小王子

红，就意味着"是啊"，对吧？

"哦！"我对他说，"我有些害怕……"

可他告诉我：

"现在你该去干活了，你应当返回你的机器旁边。我在这儿等你，你明晚再来……"

但是，我放心不下。我想起了狐狸的话。如果被人驯服了，就可能会要哭的……

知识考点

1. 我们终于喝上了水，辘轳的转动声让小王子觉得这口水井在_____，我看着水领悟到，这不仅是一种_____，它是在_____下经过_____才寻找到的。

2. 小王子要离开了吗？
   _____
   _____

阅读与思考

1. 从井水中"我"想起了什么？

2. 在小王子看来，人类总是在怎样地生活？

3. 小王子为什么想要离开地球了？

第二十六章

> **M 名师导读**
>
> "我"在残破的石墙上发现了小王子,此刻他已经被蛇咬伤了,他同"我"道别,因为在他的心中有一个执着的信念让他坚持一定要回到自己的星球,临别前"我们"聊了些什么呢?

在井旁边有一堵残缺的石墙。第二天晚上我工作回来的时候,远远地看见了小王子耷(dā)拉着双腿坐在墙上。我听见他在说话:

"你不记得了吗?"他说,"肯定不是在这里。"

可能还有另外一个声音在和他说话,因为他反驳道:

"是的,是的,日子没错。但地方不是这儿……"

我接着向残壁走去。我仍然看不见,也没听到有什么人的声音。

【写作借鉴:此处运用了语言描写。"我"听见小王子一直在和什么人进行对话,却始终没看到与他对话的人在哪里,这激起了读者强烈的好奇心。】然而小王子再次反驳道:

"……当然。你会在沙地上看见我的足迹是从哪里开始的。你在那儿等待着我就可以了。今晚我会到那儿去的。"

我距离石墙大概二十米,可是依然什么都没有看见。

小王子静默片刻后接着说:

"你的毒液有效吗?你肯定不会让我长久地难受吗?"【名师点睛:小王子想要毒液干什么呢?或许他已经下定决心回到自己的星球,回到他的玫瑰花身边,毒液的力量可以帮助小王子做些什么呢?】

▶ 小王子

我焦急地走上前去，可是我依旧不懂他的话。

"现在你走吧，我得跳下去了……"小王子说。

于是，我往墙根处瞧，我大吃一惊。就在那儿，一条黄蛇仰着头对着小王子。这种黄蛇三十秒钟就能了结人的性命。我一边赶忙从衣兜里掏出手枪，一边冲上前去。但是一听见我的走路声，蛇就像一股瞬间消逝的水柱似的，柔软地钻入沙中。他慢慢地在石头的缝隙里移动着，传出轻微的金属的声音。【写作借鉴：运用比喻的修辞手法，用瞬间消逝的水柱形容钻入沙中的蛇，生动形象。】

我赶到墙根时，恰好用双臂接住我的这位小王子。他的面色如雪一般煞白。

"这是怎么回事！你为什么要和蛇说话！"我解下他总是戴在颈上的金围巾。我用水浸湿了他的太阳穴，给他喝了些水。现在，我不敢向他提任何问题。他神色凝重地望着我，用胳膊搂着我的脖子。我觉得他的心就如同一只受到枪弹射击而垂死的鸟的心脏一般狂跳着。他对我说：

"我非常开心，你修好了你的机器。你很快就能回家了……"

"你是从哪儿知道的？"

我来这儿就是要告诉他，出乎意料地，我顺利地修好了我的飞机。

他没有回答我的问题，又说：

"我也是，今天，可以回家了……"

接着，他黯(àn)然地说道：

"我回家要更远……更难……"【名师点睛：小王子此时承受着很大的痛苦，有被毒液侵蚀的痛苦，还有即将和"我"分离的不舍，但是他的心中又是那么坚定，他想要回去陪伴心爱的玫瑰花。】

我清楚地感觉到发生了什么异乎寻常的事情。我将他像个小孩儿一样使劲搂进怀里，却觉得他一直往一个万丈深渊里坠去，我设法抓住他，却无论如何也做不到……【名师点睛："我"用尽全力想要再多带给小王子一点儿温暖，但是小王子的身体已经越来越虚弱了。】

他的目光很认真，看着远处。

"我这里有你的小羊，羊的小箱子以及羊的嘴套子……"

他凄凉地笑起来。

我等了很长时间，才渐渐感觉到他的身体开始暖和起来。

"小家伙，你怕了……"

小王子

他怕了，这是肯定的！他却温和地笑道：

"今天夜里，我将更加害怕……"

我又一次体会到将要发生一桩无法挽救的事情。我感到我的心忽然变得冰冷。此时我才知道：假如再也听不见这笑声，我将无法忍受。这笑声对于我而言，就如同沙漠里的甘泉。【写作借鉴：将小王子的笑声比喻成了"沙漠里的甘泉"，形象生动地说明了小王子对"我"至关重要的意义，"我"对将要失去他的笑声而感到非常伤心。】

"小家伙，我仍然希望能听到你的笑声……"

可是他对我说：

"今天晚上，恰好一周年。我的星星会处于我去年落下的地点的正上方……"

"小家伙，像什么蛇呀，约会呀，还有星星呀，这都是一个噩梦吧？"【名师点睛："我"多么希望这一切都是一场噩梦，梦醒来后，"我"和小王子能够继续愉快地做朋友。"我"的内心有着深深的不舍，而小王子此刻已经一心想要回到自己的星球了。】

可他回避我的问题。他对我说：

"重要的东西，眼睛是看不到的……"

"当然……"

"这如同花朵，假如你爱恋一朵长在一颗星星上的花儿，那么在夜里，你望着星空就觉得甜美开心，每一颗星星上好像都开了花儿。"【名师点睛：作者的文笔如此优美，他告诉我们：爱是最伟大的情感，它让星空灿烂，繁花盛开。】

"当然……"

"这也如同水一般，你让我喝的井水，用辘轳和绳子提的，咕噜噜的响声如同音乐一般……你还记得吗？……那水无比甘甜……"

"当然……"

"夜里，你仰头看着星空，我的那颗星球非常渺小，我不能为你指明我的星球在哪儿。不过这样也好，你可以把我的那颗星球想象成这千万颗星星中的一颗。那么，你会喜欢看到每一颗星星……这些星星全都会成为你的朋友。并且，我还会赠给你一份礼物……"

他再次笑起来。

"哦！小家伙，小家伙，我愿意听你的这种笑声！"

"这就是我赠给你的礼物……这就如水一般。"

"你想说什么？"

"在人们看来星星并不相同。对旅行的人而言，星星是向导。对其他的人而言，星星不过是灯光。对那些学者而言，星星便是他们研究的问题。对我所遇到的那个商人而言，星星就是财富。所有的星星都默然无语。而你呢，你的那些星星就是别人都没有的……"【名师点睛：同样的一件事物对于不同的人而言会有着不同的价值，小王子希望送给"我"一些富有感情的星星，它们会对着"我"笑，因此是与众不同的。】

"你在说什么？"

"夜里，当你仰望星空时，既然我就居住在其中的一颗星上，既然我在这里面的一颗星上冲你微笑，那么对你而言，就如同每一颗星星都在冲你笑，那么你将拥有数不清的会笑的星星！"

此时，他还在笑着。

"那么，在你获得慰藉以后（人们总是会自我安慰），你就会由于认识我而开心。你将成为我永久的朋友。你将想和我一同笑。有的时候，你会为了开心而情不自禁地打开窗子。你的朋友们会莫名其妙地望着你独自抬头笑着看天。那个时候，你就对他们说：'是啊，星星常常逗我开心！'他们会认为你的精神有了毛病。我的恶作剧将会让你尴尬……"

此时，小王子又笑了。

"这就仿佛我并不是给了你星星，而是给了你一大堆能发出笑声的

▶ 小王子

小铃铛……"

小王子依旧笑着。接着他收敛了笑容:【写作借鉴:神态描写。小王子从幻想"我"以后被他恶作剧而产生的喜悦神色转为严肃和凝重,因为他想到今晚离开的情形可能不太好。】

"今天晚上……你知道……别再来了。"

"我不会离你而去的。"

"我会一副很难受的模样……我可能像个死人。就是这么一回事,你就别来看了,没有必要。"

"我不会离你而去的。"【名师点睛:同样的一句话重复着说,表现出"我"对小王子即将离去的深深留恋和不舍。】

他露出忧心忡(chōng)忡的表情。

"我对你讲这些话……也是因为蛇。不要让它伤到你……蛇是凶残的,它随便伤人……"

"我不会离你而去的。"

此时，他好像放宽了心：

"对了，它在咬第二口的时候就不会再有毒液了……"

那天晚上，我没有看见他启程。他悄悄地溜了。在我终于追上他时，他坚定地迈着大步。他只是对我说：

"呀，你在这里……"

于是他牵着我的手，然而他依旧十分苦恼：

"你不该来这儿。你会很难过的。我就像个死人，可是这不是真死……"

我默不作声。

▶ 小王子

"你知道，路太远。我无法拖着这副沉重的身子离开。"【名师点睛：为了尽早回到心爱的玫瑰花身边，担负起自己的责任，小王子不惜丢弃自己的"躯壳"——舍弃生命。】

我仍然默不作声。

"不过，这就和蜕了旧壳一样。旧壳，没什么值得悲哀。"

我仍然默不作声。

小王子有点儿沮丧了，不过他又竭力安慰我：

"这将会很甜美的，你知道。我肯定也会仰望星空的。每一颗星星上都将会有着生锈辘轳的水井，每一颗星星都会倒水给我喝……"

我仍然默不作声。【写作借鉴：连续三遍"默不作声"，用一种无声的力量来表达"我"内心的压抑、沉闷，在"我"的心中有着万分不舍和担忧。】

"这将会多么有意思！你会有五亿只小铃铛，我就会有五亿口水井……"

现在，小王子也不作声了，因为他哭了起来。

"就在这里。叫我一个人走吧。"

此时他坐了下来，因为他怕了。他还说：

"你知道……我的玫瑰花……我必须对她负责。而她又是那样弱不禁风，她又是那样纯真。她只凭四根小小的刺保护自己，抵御外敌……"【名师点睛：小王子迫不及待想要离开的真正原因是放心不下他的玫瑰花，他担心玫瑰花不能强大到把自己保护好。】

我也瘫坐下来，因为我站不住了。他说：

"仅此而已……全部讲完了……"

在他的脚踝附近，一道黄光闪了一下，霎时间他一动也不动了。他没有叫喊。他轻轻地像一棵树一样倒在地上，大概由于脚下是沙地的缘故，连一点儿响声都没有。【写作借鉴：此处运用比喻的修辞手法。小王子像一棵树一样倒在了软绵绵的沙地上，这样一种安静凄美的场景，淋漓尽致地表现出"我"的无助和失去小王子的痛苦。】

Z 知识考点

1.我在井旁边的_____发现了小王子,小王子在和_____讲话,此时小王子已经被蛇咬了,小王子决定_____。

2.小王子为什么选择今天回到自己的星球上去?

Y 阅读与思考

1."我"为什么总是默不作声?

2.小王子究竟为什么急着回去?

3.当你仰望星空之时,会想到些什么呢?

小王子

第二十七章

M 名师导读

　　一晃六年过去了，小王子飞回了他自己的星球，每当"我"仰望星空时便控制不住内心深深的思念，"我"期待着小王子重新来地球的那一天……

　　这件事已经过去六年了……我一直把它藏在内心深处。虽然朋友们都为我可以活着回来而兴奋，但是我却怎样也高兴不起来。我只能敷(fū)衍(yǎn)他们："我想我是太累了……"

　　如今，我稍微得到了些安慰。尽管我心中的阴霾(mái)还未全部消散，但我感到了些许的慰藉。因为我至少知道，小王子完成了心愿，他终于回家了——那天早上，我并没有看到他的身体。【名师点睛：小王子的身体在第二天早上消失了，这是一个很棒的消息，难道小王子真的回到他的星球上了吗？】其实他的身体并不重……从那以后，我开始爱上了夜空中的星星，我喜欢聆听它们的笑声，好像五亿多个小铃铛。

　　可是，我突然想起来一件被忽视了的非常重要的事！在给小王子画羊嘴套子时，我忘记了画嘴套子上的皮带！这样的话，小王子的羊就戴不成嘴套子了。于是，我琢磨着："他的星球上发生了什么事呢？难道会造成花儿被绵羊吃掉的悲剧……"【写作借鉴：作者通过一连串的提问来勾起读者的思考，这些谜题将留给读者们进行自由想象。】

　　有时，我也会想："那是不可能的！小王子一定会看好他的绵羊，而且他每晚也会为他的花儿盖上玻璃罩的……"【写作借鉴：用假设猜想的方式来表达"我"对小王子的思念之情，气氛伤感，感情动人。】一想到这儿，我的心里就会感到温暖，仰望星空时，也可以感受到星星们的微笑。

有时，我还会想："谁都难免会有疏忽的时候，可是一次疏忽就有可能会出事！假如有一天，小王子没有盖玻璃罩，或者没有看住绵羊……"想到这些的时候，那些小铃铛就都变成眼泪了。

这件事对于同样爱着小王子的你们来说，是个十分重要的谜。因为假设在某个不为人知的星球，有只不为人知的绵羊，它吃了某一朵玫瑰花，或者没有吃掉，这都会影响到整个宇宙……

如果你们欣赏夜空时，可以思考：那只羊到底有没有吃掉那朵花儿？你们也会感受到，所有的一切也会跟着那个答案产生变化……

<u>不过，大人们永远也不会理解这件事的重要性！</u>【名师点睛：大人们的世界充满着势利、庸俗和欲望，他们缺乏想象，只喜欢冰冷的数字，他们永远也不会理解孩子们单纯美好的世界。】

对我而言，这是世上最漂亮，同时也最悲凉的景致，它同前面的那幅画中的景致一样。我又一次画下了它，是想让你们看得更清楚。小王子就是在这儿出现在地球上，也是从这儿消失的。

你们最好认真地看看，说不定某一天你们也会到非洲旅行，那时你们就可以找到那个地方。假如你们有幸路过，我请你们不要轻易离去，最好可以在小王子的星球下停留一会儿。假如忽然有个小孩儿朝你们笑着走过来，假如他留着一头金发，假如他不回答你们的任何问题，我想，你们一定会猜到他的身份。

<u>那么，我想请你们帮个忙，不要让我继续忍受煎熬，请赶快写信通知我：小王子，他回来了……</u>【名师点睛：这一开放性的结尾给了读者很大的想象空间，或许小王子回到了他的星球上，和玫瑰花过着平淡快乐的日子。当地球上不再充斥着冷漠，而是充满温暖和真情的时候，我们期待着小王子能够重新回来。】

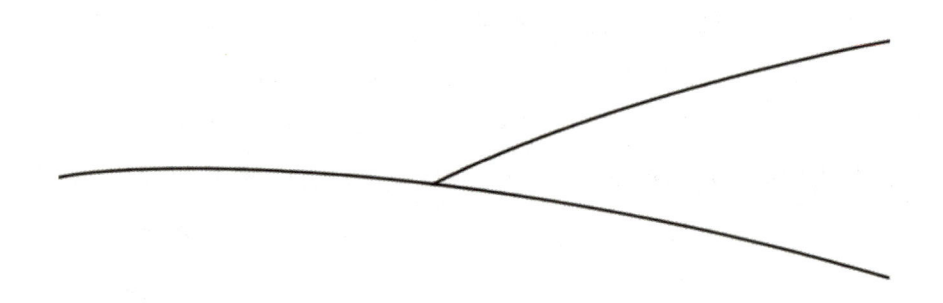

▶ 小王子

Z 知识考点

1.和小王子相遇的事情已经过去_____了,我心中的_____还未完全消散,但也有了些许_____,因为我知道小王子_____,他终于_____。

2.为什么"我"觉得小王子回到了自己的星球上?

_____
_____
_____

Y 阅读与思考

1."我"突然想起了哪件被忽视却十分重要的事情?

2.请你想象一下小王子回去后和玫瑰花的生活是什么样的。

3.你觉得小王子真的回到自己的星球上了吗?

113

▶ 小王子

仰望星空，聆听内心

当看完最后一节的时候，我的内心仿佛受到了一次圣洁的洗礼，浓浓的感动和淡淡的忧伤交织，萦绕在心头久久不能散去。书中所叙述的童话，美好而又纯真，将成人的世界彻彻底底地清扫了一遍，留下满世界的清香与纯净。

故事起源于沙漠中的一次相遇，身为飞行员的"我"遇到飞机故障，被迫降落在荒无人烟的沙漠之中。在"我"茫然无措之际，小王子奇妙的声音将"我"唤醒，从而展开了一段故事。而在最后，被唤醒的还有"我"失去的童心和对人生的思考。

小王子来自一个编号为B612的星球，那个星球只有一间房子那么大，他孤零零地在上面生活着。直到有一天，一朵美丽的玫瑰花悄然绽放，小王子的内心从此不再孤独，他对玫瑰花充满了爱意，每天悉心呵护着，玫瑰花又何尝没有动心，她也爱慕着小王子；但是他们之间产生了一些误会，小王子离开了他的星球，开始了自己的旅行。在旅行过程中，小王子遇到了只听得见别人称赞的爱慕虚荣的人、不断麻醉自己的酒鬼、一问三不知的伪地理学家等等，这些人都代表了大人们所处世界的虚伪、势利、盲目，小王子不能理解他们的想法，觉得实在是太不可理喻了。直到来到了地球，小王子遇见了狐狸，明白了"驯服"的含义，懂得了爱与责任，知道了自己的那朵玫瑰花是独一无二的，明白了生活的本质用眼睛是看不到的，需要用心去看的道理。小王子再也按捺不住内心对玫瑰花的担忧与思念，他选择用蛇的毒液结束自己的生命，以便于抛下沉重的身体，早点儿回到玫瑰花身边。在与"我"告别之后，小王子像一棵树一样轻轻倒在了柔软的沙地上,连一点儿声音也没有。

作者留给了我们足够的想象空间,小王子的躯体消失在沙漠之中,他是否真的回到了自己的星球,不得而知;但是我们都很清楚,小王子哪怕只剩一缕灵魂,甚至一丝呼吸,他都会拼尽全力回到玫瑰花的身边,这种爱与责任的力量已经让我们深深感动。

在我们所生活的现代社会里,人们总是步履匆匆,像一个没有感情的机器,高效却无悲无喜。我们已经太久没有停下来静静倾听一下内心,没有在闲适的生活中品味人生的静谧,没有在夜空下思考人生的真谛……我们在匆忙的人生路上看似收获了成功、荣誉、权力等等,却丢失了太多更加宝贵的童真、纯净与美好。我们的生活中缺少爱,原因也在于很多人不懂得爱的含义,我们与身边各种亲密的人建立了"驯服"关系,却没有去好好思考是否担起了足够的责任。或许曾经的我们茫然失意,但是在读完《小王子》后,我们应该对爱与责任有了全新的感悟。

我们的内心深处都住着一个孩子,他永远天真,永远善良,在心中最纯净的一方角落仰望着星空,寻找着那颗笑容最灿烂的星星。夜深人静之时,让我们抛却物质世界的约束,洗去满身铅华,静静聆听生命的真谛吧!

编　者
2021 年 3 月

小王子

参考答案

第一章

知识考点

1. 原始森林　第一号作品　一顶帽子　开飞机
2. 桥牌呀，高尔夫球呀，政治呀，领带呀这些。

阅读与思考

1. "第一号作品"是"我"的第一幅创作，寄托着"我"的想象和对绘画的热爱，也是"我"想要建立的和大人们互相理解的"桥梁"。
2. 大人们觉得"我"应该放下手中的画作，去好好学习。
3. 因为大人们的世界虚伪刻板，他们无法理解也不愿意去了解孩子们的想象世界。

第二章

知识考点

1. 发动机里有个东西　与人们相隔千里的大沙漠里　奇妙的小声音　一只羊
2. 他想要一只能够活很久的小羊。

阅读与思考

1. "我"很惊讶，觉得他是一个神奇的存在，并且对于小王子不停的要求内心有些不安。
2. 因为小王子是"我"遇到的第一个能够看懂"我"的画的人。
3. 因为小王子有着丰富奇幻的想象力，在他的眼中，箱子里的确有一只小羊。

第三章

知识考点

1. 飞机　自豪　清脆的笑声
2. 不是。

阅读与思考

1. 因为小王子只对自己感兴趣的事情有着好奇和思考。
2. 因为小王子认为动物也有属于自己的自由，我们不该限制住小羊。
3. 我知道了小王子居住的那个星球是个很小很小的地方。

第四章

知识考点

1. B612　1909　土耳其天文学家
2. 因为他的服装让人们产生偏见，所以大家都不肯相信他。

阅读与思考

1. 因为他穿上了欧式服装，消除了人们

对他的偏见。
2.因为在成人的世界中,他们通常以数字和金钱作为判断的标准。
3.为了能够更好地回忆和记住"我"的朋友。

第五章

知识考点

1.好的植物 坏的植物 茁壮成长 立即拔掉
2.不是,猴面包树是一种大树。

阅读与思考

1.如果拔得不及时,猴面包树就永远除不掉了,会占据整个星球。如果星球很小,猴面包树的根将会把星球撑破。
2.每天早上自己梳洗好后,必须非常认真地给星球做清洁和打扮,及时辨认出猴面包树的树苗,并马上把它拔掉。
3.因为"我"希望那些长期和危险接触的朋友们能意识到自己的处境,"我"对现实社会有着强烈的危机感和责任感。

第六章

知识考点

1.第四天早晨 欣赏夕阳西下的温柔晚景
2.因为小王子以为身处在自己的星球上,而在他自己的星球上只要把椅子

移动几步就可以随时看夕阳。

阅读与思考

1.小王子经常以为在自己家。在他家里看日落,只要把椅子移动几步就行。
2.心情十分愁闷的时候。

第七章

知识考点

1.花的坏心眼儿 保护她们自己的
2."我"正忙着从发动机上弄下一颗拧得过紧的螺丝。

阅读与思考

1.这朵花只长在小王子居住的星球上,并且只有一朵;这朵花身上带着刺;小王子十分珍爱这朵花。
2.因为"我"忙于处理发动机的螺丝,认为自己在做一件正经事,一直敷衍小王子的问题,并且随口说花的刺是坏心眼儿,因此激怒了小王子。
3.小王子是一个内心十分纯净简单的人,他天真善良,对简单的生物也抱有最真挚的感情。

第八章

知识考点

1.一种新的猴面包树 孕育出一朵花儿 出现一个奇迹
2.她怕穿堂风,不怕老虎。

阅读与思考

1.她精心选择着将来的颜色,慢腾腾地妆饰着,一片片地搭配着她的

小王子

花瓣。

2.这朵花儿很漂亮,但是有些骄傲和任性。

3.起初小王子对花儿充满了爱慕,但是之后小王子觉得花儿有些虚伪任性,因此对她产生了怀疑。后来小王子心中充满了后悔与自责,怪自己当时不懂得爱花儿。

第九章

知识考点

1.干干净净 三 活火山 热早点死火山 猴面包树的树苗 想哭

2.花儿实际上很爱小王子。

阅读与思考

1.花儿其实并没有那么弱不禁风,她只不过想要小王子更多的关心和爱护。

2.是用来保护自己的。

3.花儿的骄傲和任性其实都是在掩藏自己内心的真实感受,她爱着小王子,她的内心依然有着一份纯真。

第十章

知识考点

1.国王 代表皇家身份的紫色貂皮长袍 看上去非常简陋的"宝座"上

2.这位国王认为对别人发出的命令必须是别人愿意去做的。

阅读与思考

1.不是,这只是国王自己认为的。

2.第一次打哈欠是因为小王子觉得太疲倦了,第二次打哈欠是因为小王子对和国王的谈话失去了耐心和兴趣。

3.国王最后要求小王子做他的大使。

第十一章

知识考点

1.虚荣心极强 帽子 拿帽子向他们致意

2.小王子觉得比拜访国王要有意思。

阅读与思考

1.没有,他是这个星球上唯一的人。

2.因为小王子对乏味的游戏有些厌烦了,并且他不能理解为什么崇拜能使这个爱慕虚荣的人感到快乐。

3.开放式答题,合理即可。

第十二章

知识考点

1.酒徒 非常短 非常忧伤

2.他为了忘记他的惭愧。

阅读与思考

1.酒徒是在逃避生活中一些令他惭愧或者烦恼的事情,他用喝酒这种方式来使自己麻木。

2.小王子十分热心和善良。

3.因为酒徒告诉小王子自己是为了忘记喝酒带来的惭愧而喝酒,这十分矛盾,因此小王子觉得很困惑。

第十三章

知识考点

1.三 金龟子 可怕的噪音 风湿病发作

很少进行体育锻炼 小王子的到来

2.不是,这只是商人自己认为的,没有实际的意义。

阅读与思考

1.因为商人不断地在追求更多的财富,在他看来,不停地数星星就是在创造财富,可以满足自己内心的贪婪。

2.商人认为,只要是谁第一个想到了某些事物,就能够拥有这个事物;而小王子认为能够实实在在把握在手中,拥有支配权的东西才算是真正的拥有。

3.小王子认为做的事情有意义,对某些事物有好处的,才算是正经事。

第十四章

知识考点

1.最小的一个 一盏路灯 一个点灯人 一分钟

2.因为星球每分钟转一次,点灯人就得不停地点灯、熄灯。

阅读与思考

1.因为点灯人认为这是规定。

2.小王子认为点灯人做的事情是有意义的,因为他没有只想着自己,他点的灯可以给宇宙带来一些温馨。

3.点灯人是一个尽职尽责、有责任心的人,但他同时也是一个很可怜的人,因为他过于循规蹈矩,不知变通。

第十五章

知识考点

1.地理学家 办公室里 探险家

2.不是,他是一个只会待在办公室,不进行任何实际考察的伪地理学家。

阅读与思考

1.他一点儿都不了解自己住的星球。

2.因为他认为地理书上只能记录一些永久性的事物,而花儿的生命是短暂的。

3.小王子在得知花儿的生命是短暂的后,第一次产生了后悔离开花儿的情绪。

第十六章

知识考点

1.一百一十一 地理学家 商人 七百五十万 虚荣心极强的人 二十亿

2.六个大洲。

阅读与思考

1.四十六万二千五百一十一人。

2.地球上的点灯军队的动作如同歌剧院里的芭蕾舞动作,他们依次按照新西兰和澳大利亚人、中国和西伯利亚人、俄罗斯和印度人、非洲和欧洲人、南美人、北美人的顺序进行点灯工作,井然有序。

3.因为在北极和南极这两个地方有极昼和极夜的现象。

119

小王子

第十七章

知识考点

1. 非常奇怪 他一个人影也没看见 沙地 月光色的圆环
2. 一条蛇。

阅读与思考

1. 非洲的一片沙漠中。
2. 因为人的内心是否觉得孤独,不是身边人的多少可以决定的,重要的是有多少人能够读懂自己的心。否则人再多,内心也依然孤寂。
3. 因为蛇说的话句句都像叫人猜谜一语一样,但是它又知道所有的谜底。

第十八章

知识考点

1. 穿过沙漠 一朵花儿
2. 这是一朵只有三片花瓣的毫不起眼的小花,她孤单地开在沙漠中,没有同伴。

阅读与思考

1. 看见过,在好多年前,有那么六七个。
2. 花儿认为人类没有根,被风吹着到处跑,没有真正的自由。

第十九章

知识考点

1. 一座高山 山上 整个星球和所有的人
2. 小王子除了看到一些高耸入云的陡峭山峰外,什么也没看到。

阅读与思考

1. 没有,回声只是重复小王子的话。
2. 小王子觉得地球是一个非常冷清的地方,到处都是光秃秃的、尖尖的、咸咸的,小王子觉得很孤单。

第二十章

知识考点

1. 沙漠 岩石 雪地 一条大路 大路 人住的地方的
2. 小王子遇到了一座玫瑰花盛放的花园。

阅读与思考

1. 来到了一座玫瑰花盛放的花园。
2. 因为小王子回想了在自己的星球上所拥有的东西后,本来觉得自己还算富足,现在发现那些都不算什么。

第二十一章

知识考点

1. 狐狸 驯服 音乐般美妙 美好
2. 狐狸认为,"驯服"就是两者之间建立彼此需要的关系。在完成驯服关系的建立后,彼此之间就会变成独一无二的存在。

阅读与思考

1. ①小狐狸提出并解释了驯服的含义:两者之间建立彼此需要的关系。在完成驯服关系的建立后,彼此之间

120

就会变成独一无二的存在。②这个世界上没有十全十美的东西,我们应该用一颗平常心来看待世间的残缺。③本质的东西,用眼睛是无法看清的,只有用心去看才会看得最真切。④只有我们花费了时间和精力去呵护过的东西,才会被赋予意义,才会在我们心中变得与众不同。

2.狐狸拥有智者的思维,能够洞悉世事,然而内心却十分孤独。他渴望能够跟小王子建立驯服关系,以此得到小王子的爱与关心。这样一来,他四周的事物也会随之变得有意义,他不用总是过单调乏味的捕猎生活。

3.小王子明白了那座玫瑰园里面的花儿和自己星球上的那朵玫瑰花是不一样的,因为自己星球上的那朵玫瑰花倾注了自己的时间和精力,与自己建立了一种很亲密的关系,所以他的那朵玫瑰花依然是独一无二的。

第二十二章

知识考点

1.扳道工 他们太忙了 他们想要找什么

2.扳道工一拨一拨地给旅客分组,按一千人一拨,另外还需调配乘载客人的火车。

阅读与思考

1.人们并不知道自己在追寻什么。

2.因为人们总是不满足于自己的现状,漂浮不定,其实真正需要改变的是人们自己的内心。

3.布娃娃的例子让我们看到,纯真的孩童其实更清楚自己内心的想法,不掺杂任何杂念。而大人们总是想得太复杂,反而迷失了自我。

第二十三章

知识考点

1.商人 解渴药

2.每星期服下一丸后就不需要再喝水了,一周可节省五十三分钟的时间。

阅读与思考

1.因为人们的脚步总是匆匆忙忙,他们总觉得时间是不够用的,快节奏的生活让人们迷失了自我。

2.小王子认为这种药是没有意义的,反而让人们失去了最本真的生活。

3.开放式答题,合理即可。

第二十四章

知识考点

1.八 没有水喝了

2.找到了。

阅读与思考

1.因为"水"能够洗涤人们的心灵,"水"象征着希望,"井"是人们内心深处希望的源泉。只有心中有不竭的水源，生活才会变得快乐美好。

2.是一口不知道藏在哪里的水井。

3."我"内心的纯真与美好被渐渐唤醒，"我"想起了被自己丢失的童心和对世界的期望。

第二十五章

知识考点

1.唱歌　养料　星光　长途跋涉

2.是的，小王子准备离开了。

阅读与思考

1."我"从井水中回忆起儿时过圣诞节的美好时光，"我"的生命仿佛经过了一次洗礼，"我"终于能够领悟到一种纯粹无杂质的幸福感，"我"找到了纯真年代的自己。

2.人类的生活空虚、盲目、乏味、枯燥，人类总是很迷茫，不知道自己想要的到底是什么。

3.因为小王子领悟了生命的真谛，了解了"驯服"真正的含义，心中有了更多的爱与责任，他想要回到自己的星球去陪伴那朵玫瑰花了。

第二十六章

知识考点

1.一堵残缺的石墙上　蛇　今天回到自己的星球上去

2.今天恰好是小王子来到地球一周年，小王子的星球会处于他去年落下的地点的正上方。

阅读与思考

1.因为"我"知道小王子被毒蛇咬了，内心非常担忧，但是又很无助；"我"对小王子的离开感到深深的不舍。

2.因为小王子十分惦念他的玫瑰花，他想要早点儿回去照顾她。

3.开放式答题，合理即可。

第二十七章

知识考点

1.六年　阴霾　慰藉　完成了心愿　回家了

2.因为在第二天早上，"我"没有看到小王子的身体。

阅读与思考

1."我"在给小王子画羊嘴套子时，忘记画上面的皮带了，这样羊就戴不成嘴套子了。

2.小王子每天早上依然在梳洗后按时去清理星球上的猴面包树，在这个过程中也欣赏了好几次日落。闲下来的时候，他会静静地坐在玫瑰花旁边，他们一起聊着天。小王子把旅程中有意思的事情告诉了玫瑰花，他们彼此之间越来越坦诚相待，每天都过得充实幸福。（开放式答题，合理即可。）

3.开放式答题，合理即可。